# 神はいつ問われるのか？

When Will God be Questioned?

森 博嗣



講談社
タイガ

［カバー写真］
Jeanloup Sieff

［カバーデザイン］
鈴木成一デザイン室

目次

*When Will God be Questioned?*

*by*

*MORI Hiroshi*

*2019*

# 神はいつ問われるのか？

トラルファマドール星人は死体を見て、こう考えるだけである。死んだものは、この特定の瞬間には好ましからぬ状態にあるが、ほかの多くの瞬間には、良好な状態にあるのだ。いまでは、わたし自身、だれかが死んだという話を聞くと、ただ肩をすくめ、トラルファマドール星人が死人についていう言葉をつぶやくだけである。彼らはこういう、〝そういうものだ〟。

（Slaughterhouse-Five / Kurt Vonnegut, Jr.）

## 登場人物

グアト ---------------------------------- 楽器職人
ロジ ---------------------------------------------- 技師
ビーヤ ------------------------------------------ 大家
イェオリ --------------------------------------- 作家
オーロラ ------------------------------- 人工知能
アリス ------------------------------------------ 少女
クマさん ---------------------------- ぬいぐるみ
モリス ------------------------------------------ 船長

# プロローグ

ロジが珍しく、僕を誘った。一緒に行かないか、と言うのだ。

「そうですね、ええ、たぶん、自分一人で完結している楽しみだとは思います」ロジはつけ加えた。それは、かねてから幾度か聞いた台詞《せりふ》だった。僕の方から、どんなふうに楽しいのか、と話題を振っても、彼女は詳しく説明をしてくれない。説明が難しいのか、それとも僕にわかるはずがない、と考えているのかのどちらかだろう、と想像していた。それが、突然彼女の方から、こんなふうに誘ったのだ。

「説明が難しいのですが、あまりにも楽しいので、これを自分一人で享受《きょうじゅ》したままにしては、多少ですけれど、後ろめたく感じました。もちろん、ほかの人だったら、そんなふうには感じませんよ。楽しみを人と分け合おうなんて、今まで一度だって考えたことがありませんでしたし、今も、それはそのとおり、変わりがありません」

「なんか、私を驚かそうとしているようだね」僕は言った。意外な提案だったので、身構えたのかもしれない。

「驚かれるかもしれませんが、驚かすことは本意ではありません。どうします？　嫌ですか？」

そうまで言われると、引き下がることはできない。二度と誘われない可能性が高い。たしか、こういうのを「千載一遇《せんざいいちぐう》」と表現するはずだ。

彼女が一緒に行こうと言っているのは、ヴァーチャルなのだ。現実ではない。僕は、既に彼女のおかげで、最大級といっても良いほど驚かされてきた。身の危険もたびたび感じてきた。そういった生命の危機の瀬戸際《せとぎわ》を渡り歩いてきた過去の体験から、多少なりとも免疫的な防御力が備わった、という自負もある。

これは、別の言葉にすれば、「麻痺《まひ》した」ともいえるだろう。最初のときは、もの凄《すご》くびっくりした。僕の人生は何十年もずっと静かで無難《ぶなん》でコンスタントだった。それが人の日常というものだと思い込んでいた。ところが、彼女が僕の前に現れてからというもの、間近で爆発が起こったり、銃口がこちらを向いていたり、実際にそれが発砲されたりした。再三再四そういった目に遭った。ものが壊れるくらい、大したことではない。人が死ぬところだって見てきた。否、精確には、死んだかどうかはわからない。死ななかったかもしれない。でも、それくらい衝撃的な事態、地獄的な惨劇もあった、ということである。

ロジ自身も、大怪我《おおけが》をしたことがある。僕は、彼女は死んだと思った。ただ、現代では人間は簡単には死なない。たとえば、これは違法だけれど、細胞が残っていれば、そこから全体を復元することだって可能だ。多少時間がかかることと、生前の記憶が残らないという問題がある。すなわち、再生したものを同じ個人と見なすかどうか、という点で当然ながら疑問が生じる。

彼女は、生き返ったといえるかもしれない。最初に会ったときとは、違った顔になって戻ってきた。だから、「死なないこと」の定義としては、「躰《からだ》の形が元どおりのまま」という意味は、既に含まれていない。その人物の個性、人格、履歴、記憶などが、頭脳に残っていて、それが本人の意志でアクセスできる状態にあること、これが、「生き続けている」と見なせる条件となっているのだ。法律で明文化されているのかどうか、僕は知らない。でも、きっとどこかでは規定されているだろう。生命保険などが、今でも存在するのだから、どうなったら死んだことになるのか、その定義が明確でなければ困った事態になる。

僕はそれまでの人生で、生と死の境を彷徨《さまよ》うような境遇になったことはないし、死について真剣に考えるような機会もなかった。ある意味で、これは幸せだったともいえる。単に、健康上の不具合があれば、仕事ができなくなって困る、あるいは気分が良くない、痛いのは勘弁してほしい、といった程度の呑気《のんき》な方針で対処してきただけだった。

というよりも、その種の不具合の場合には病院へ行き、医師に相談をするわけで、たいていは医師がすすめてくるメニューどおりの処置を受けることになる。金額が大きい場合は事前に提示されるけれど、大部分は保険で賄《まかな》える。真面目《まじめ》に働いて金を貯《た》めているのだから、自分の躰にはそれを躊躇《ちゅうちょ》なく使おう、というのが一般的な考え方ではないだろうか。

いずれにしても、危険な目に遭うことで、危険な仕事の存在を知った。彼女の健康について、僕の関心はとても高いといって良い。危険な仕事をしていたので、とにかく心配だった。今は、その危険は小さくなっただろうか。少しは改善したかもしれない。でも、まだわからない。将来的には、どちらともいえない、と思う。

情報局員の現役ではなくなったことが、危険の確率を下げたかもしれない。しかし、普段の生活では逆だ。以前は地下深くの、いわばシェルタのような施設で僕も彼女も生活していた。仕事のときは遠くへ出かけていき、多少危険度が増すものの、普段は絶対的な安全が確保されていた。今はどうかというと、一般人として暮らしているのだ。日本からも遠く離れた場所である。味方が近くにはいない。護衛してくれる組織の力が及ばない。もちろん、普通の民家よりは多少は安全性を考慮した建築にはなっている。ロジがここへ来て、その改造をしたからだ。でも、建物が物理的に頑丈《がんじょう》になったわけではない。たとえば、ミサイルで爆撃されたら一巻の終わりだろう。

ただ、それは覚悟の上でのシフトだった。彼女が現役を退《しりぞ》く代わりに、住む環境は一般のものとなった。その交換は、妥当なものだと評価している。

僕が一番心配だったことは、ロジが家の中に籠《こ》もるような生活ができるだろうか、という点だった。僕自身は、大丈夫。僕はずっと室内に居られる人間だ。人生の大半を室内で、しかも大部分を一人で過ごしてきた。こういうのに、慣れている。

ロジがどんな生き方をしてきたのか、僕は詳しくは知らない。本人からも聞いたことがほとんどない。そういうことを話さないタイプなのだ。断片的に聞いていた話では、彼女は明らかに活動的だ。方々へ出かけていくだろう。海に潜ったり、飛行機から飛び降りて滑空したりするスポーツを楽しむ。僕には理解できない方向性だが、しかし人の趣味に口を出すほど馬鹿《ばか》げたことはない。だから、彼女がそういったアクティビティを見せても、しかたがないと諦《あきら》めている。つき合うことはできないけれど、彼女が好きなことに向かう抵抗にならないようにしよう、と考えた。

こんなふうに考える理由の一つに、彼女との年齢差がある。今どき、年齢など無意味だ、とはロジ自身の言葉であるけれど、僕は、そのとおり、比較的古い人間だ。彼女よりはずっと古い。だから、ロジの冒険的な活動を、若さゆえのことにちがいない、とも考えた。もちろん、僕自身は若いときから一貫して冒険的ではなかった。どうして人間は山に登るのか、海に潜るのか、と不思議でならなかった。不思議に思うだけで、僕には無関係の事象だったから、深く考えもしなかった。

彼女が身内的な存在となったことで、このような問題が顕在化《けんざいか》したのは確かだ。だから、僕なりに熟考して、自分の気持ちを抑えるしか方法がない、との結論に至った。つまり、なにも言わない。彼女の自由にさせるべきだ。させるなんていう言葉も横柄《おうへい》だ、と思う。彼女の自由は彼女のものなのだ。なにか問題でもあるだろうか？

自分にそう言い聞かせて、僕たちはドイツへやってきた。ロジは、きっとその類《たぐい》の趣味を楽しむつもりだ、と予想していた。

ところが、僕のこの悲観的予測は当たらなかった。彼女は、ほとんど家から出ていかない。どこにも出かけることがない。ずっと同じ部屋にいるわけではないので、室内でロジが何をしているのか、完全に把握《はあく》してはいない。想像できるのは、通信をしているか、シミュレータを試しているか、くらいである。

ドイツへ来て、そろそろ二年近くになろうとしているが、彼女はまったく内向的で、街へ一人で出かけるようなことも滅多《めった》にない。どうしても用事があるときだけだし、そういったときも、ほとんどは僕と一緒だ。彼女に言わせると、僕を一人で家に残してはおけない、ということらしい。なにしろ、僕はまだ守られている側《がわ》なのだ。僕の想像だが、たぶんロジは、僕と暮らすことになって自分のライフスタイルを変更したのではないか。それを尋《たず》ねたことは、もちろんない。

僕の側でも、少なからず変更点はある。なるべく、彼女のことを気に留めるように努力している。ついなにかに没頭してしまう質《たち》なので、精神にタイマを仕掛けておき、五分ごとに我に返るようにしむけている。そんな調整ツマミがあったら便利だし、実際あるのではないかと探してみたが、物理的なタイマを脳神経に作用させる程度のものしかなかった。それでは、極度に落ち着かない人間になってしまいそうだ。

ロジは、一人でいるときは地下室か、屋根裏のロフトのいずれかにいることが多い。地下室にはヴァーチャルへ行けるカプセルがある。ネットの通信機器は、地下室とロフトに分散して設置されている。カプセルは娯楽だが、通信機器は情報局員としての仕事に使っているようだ。詳しいことは、僕にはわからない。

ヴァーチャルのカプセルは二基あって、僕もときどき利用している。ネット上の仮想空間へ行くことができる。彼女と一緒に行くこともないわけではないけれど、それだったら、わざわざ仮想空間へ行かなくても、リビングでコーヒーでも飲みながら、おしゃべりをしている方が楽しいだろう。

僕が、仕事部屋で一人でいる間、ロジは何をしているのだろう。外へ出かけていかない代わりに、彼女は自分のための時間を持っているはずだ。その程度の想像はしたものの、具体的になにかを詮索《せんさく》するような趣味は、僕にはない。

というわけで、一緒に来ないか、と彼女が誘ったのは、地下室のカプセルから行ける場所のようだ。リアルの場所ではなく、ヴァーチャルである。

「どこへ行くの？」僕はきいた。

「えっと……」歯切れの良いロジにしては珍しく、言《い》い淀《よど》んだ。「うーん、サーキットって、わかりますか？」

「わかるよ、回路のことだね」

「いえ、そちらではなくて、クルマが走る場所です」

「ああ、レース場のこと？」

「はい、レースをすることもあるかもしれません。テストコースみたいなものです」

「そこへ行くわけ？」

「べつに、その、そこじゃなくても良いのです。ヴァーチャルなのですから、どこへでも行けます」

「よく意味が取れないね」僕は微笑《ほほえ》んだ。「でも、どこでもつき合うよ。君が行きたいところなら」

「ありがとうございます」

ランチのあとだったが、さっそく地下室へ下りて、カプセルに入った。設定はすべてロジがやってくれた。

僕の場合、世代的なものかもしれないが、ヴァーチャルに今一つ馴染《なじ》めない。ある種の抵抗感があって、たとえその世界にいても、これは現実ではない、という意識を忘れられない。ああ、自分は今この光景を見せられているのだ、と感じてしまう。それは、外的な力であり、支配を受けたことに等しい。不自由さを抱いてしまう。おそらく、一般の人はもっとヴァーチャルに慣れ親しんでいることだろう。今の多くの世代は、生まれながらにして、この架空世界で活動してきたのだから、現実が存在するのと同じくらい確かなものとして、第二の環境を受け入れているはずだ。

僕が、そうならなかったのは、たぶん研究という自分だけの仮想世界に長く浸っていたせいだ、と思われる。最近、その世界とは少しずつ離れている気がしている。そして、あれはリアルではなかった、と今になって感じる。

僕は、ゲートの前に立っていた。どうしてゲートだとわかったのかといえば、目の前にサーキット入口と記された案内板が立っていたからだ。それに焦点を合わせ、文字を読もうとしたら、すぐ横にロジが立っていた。

軍隊の指揮官みたいな帽子を被《かぶ》っていて、黒いジャンパを着ている。ヴァーチャルでのファッションは、もちろん自由に設定できる。たいていの場合、一番最近ログオフしたときの服装のままだ。僕は自分の躰を見た。自分がどんな格好《かっこう》なのかを確かめた。でも、顔は見えない。どんな顔になっているのだろう。

「ご心配なく。ちゃんと入力しておきました」ロジが言った。

僕は、いたって平凡なラフな服装だった。ぶらりと近所の散歩に出かけるような普段着である。本当にこういう服を持っているよな、僕らしいなあ、と感心するほど在り来りのリアルさだ。これが、ロジが僕に抱いているイメージなのかもしれない。

「せめて、こういうときくらい、ブランドものでぎらぎらの格好がしたいな」僕は言った。ロジは、反応しなかった。まったく本気にされなかったことは疑う余地がない。

ゲートから中に入る。綺麗《きれい》な芝生《しばふ》の円形の広場の先にスタジアムのような大きな建物があった。そちらへ向かって真っ直《ます》ぐ歩いていく。空は普通。太陽は、後ろにあった。北へ向かっているようだ。

建物の中に入った。誰もいない。そういえば、ゲートも無人だった。

「寂《さび》しい場所だね」僕は呟《つぶや》いた。

「はい、そういう設定にしています」ロジが応《こた》えた。「いつもは、もっと賑《にぎ》やかです」

「どういうこと？　今日は定休日？」

「そうではなく、私《わたし》たちだけの設定にした、ということです」

「どうして？」僕は立ち止まった。

ロジも立ち止まり、こちらを向いた。

「いえ、特に理由はありません。ほかに人がいたら、気が散るのではないかと」

「誰が？」僕は自分の胸に手を当てた。僕が？　という意味だ。

「私ではありません」ロジが首をふった。

「私が、気が散るって……」首を傾《かし》げながら、また歩くことにした。実際、ヴァーチャルの中にあっては、他者がいてもいなくても、ほとんど無関係ではないか。自分はそう感じるはずだ。と考えたけれど、これ以上議論をしない方が良さそうな気もした。個人の感覚的な問題になるからだ。

地下のような雰囲気《ふんいき》の通路を歩いていたが、オレンジ色のドアをロジが開け、僕たちは中に入った。そこは、工場のようなスペースだった。ロジが壁にあったスイッチを入れると、少し離れたところでシャッタが上がり始めた。そこから入る光で、外が異様に明るく感じられた。

「普段は、ここもクルーが何人かいるのです」ロジが言った。

彼女のむこうに、レース用のクルマらしきものがあった。大きなタイヤが剥《む》き出《だ》しになっている。レトロなデザインだ。

「普段、これに乗っているわけ？」僕は尋ねる。

「はい。ここでは、私はテスト・ドライバなので」

「テスト・ドライバ？　何をテストするの？」

「レーシングカーです。運転してみて、どこを直すべきかを考えます」

「そんなこと、わざわざ運転しなくても、わかりそうなものだけれど」

「そういう設定なので」ロジはそこで微笑んだ。「なんでも、設定できます、ここでは自分の好きなように……」

「なるほど」僕も頷《うなず》いた。そういうのがロジは好きなんだ。反論の余地はない。ここは彼女の世界なのだから。

彼女がレーシングカーと呼んだクルマの特徴は、高さが低いこと、そして屋根がないことだった。それから、座席がもの凄く狭い。運転席のすぐ横にシートが並んでいて、どうやらそこが僕が座るスペースらしい。

リアルだったら、乗り込むのに一苦労したかもしれない。しかし、ここでは躰も柔軟で軽いし、ちゃんとコンピュータが自動調節してくれる。必要とあれば、躰を細くしたり、小さくしたりもできるはずだ。僕がそこに座ったあと、ロジが隣に乗り込んだ。かなり近い。普通のクルマの距離感ではない。少し動くだけで、腕や肩が触れるほど近い。

「ヘルメットは?」僕はきいた。

「必要ありません」ロジが即答した。

「頭蓋骨《ずがいこつ》がカーボンファイバ補強になっている設定なんだ」

ロジは、黙って僕を見た。ジョークを全反射する技である。

突然、エンジンがかかった。音がしたし、躰が振動した。エンジンはすぐ後ろらしい。幸い、排気の臭《にお》いはしない。レトロなエンジンは、有害な気体を排出するのだが、触媒も使わず、設定でカットできるはずだ。

ロジは、これを見せたかったのか……。それくらい、これが好きなんだな、と思った。だから、できるだけ真剣に体験して、彼女を理解しよう、と僕は思った。

「では、行きますよ」ロジがこちらを見て言った。

どこへ？　ときさたかったが、後ろから大きな爆音が鳴り響き、会話はできなくなった。しかし、音の割にゆっくりと、クルマは前進を始める。上がりきったシャッタの下を潜《くぐ》り抜《ぬ》け、屋外に出た。

ロジがステアリングを傾け、そこでクルマは左を向く。細いコースが前方に見えた。こんな狭い場所を走るのか、と意外だった。横を見ると、ロジは真っ直ぐに前を向いている。ステアリングを握る両腕。そして手袋をしている両手。それから、彼女の横顔を見た。こちらを見ることもない。もう、すっかり彼女だけの世界に没入しているのではないか、と思えた。

クルマは少しずつ速度を増す。

細い通路を突き進む。これはなかなかスリルがあるな、と感じたけれど、この程度の興奮ならば、遊園地でも味わえるだろう。もちろん、リアルではなく、ヴァーチャルの遊園地だ。それでは、結局同じことか。

「カプセルの加速度ジェネレータの容量が小さいので、体感は二十パーセント程度しか再現されていません」ロジが言った。

「あ、話ができるのか」僕は言葉を返す。

爆音がしているのに、ちゃんと声が届くようになっているのだ。普通だったらヘルメットに仕込まれた通信装置によって実現するのだが、今はヘルメットも被っていない。このあたりも、ご都合主義のヴァーチャルである。

急に広い場所に出た。

クルマは加速する。エンジンはさらに唸《うな》るが、ときどき音が低くなる。これは、モータではない駆動系の特徴で、同じ回転域を使うためにギア比を変えているのだ。昔のクルマに特徴的な機構である。僕はこれを、子供のときに伯父から聞いた。彼は、クラシックなバイクをレストアしていて、それを何度か見せてもらったのだ。そのバイクが実際に走るところは見た覚えがないが、伯父の語るメカニカルな道理は、いつも非常に面白かった。工学の道へ進んだのも、少なからずその影響があっただろう。

「ギアは、何段あるの？」僕は尋ねた。

「え？　よくご存じですね。はい、このクルマは十二段です」

そう話している間にも、彼女はギアを切り換えた。どこで操作をしているのか、と注意して見ていたら、どうやらステアリングにあるボタンらしい。

広い場所ではなく、広い道路に出ただけだった。これがサーキットのコースらしい。今まで走っていたのは、ピットからの誘導路だったのだろう。

直線のコースの先にカーブが見えた。みるみる壁が迫ってくる。

そこへ突っ込むと、クルマは減速し、またギア比を変える。

エンジンは唸り、カーブの途中で加速する。

コーナは、遠心力を和《やわ》らげる目的で傾斜している。その角度のせいで、周囲の照明灯などのストラクチャが傾いて見えた。

振動も激しいけれど、視覚的なスピード感が想像以上に体感として作用することもわかった。

本当に高速で走っているように見えてきた。

また急カーブに突入した。

今度は、停《と》まるかと思うほど減速し、クルマの後ろが左右に振られた。

バンクもない。スリップしてコースアウトするのではないかと思われたが、クルマは斜めになったまま走り抜ける。すぐに逆のカーブに入り、後方を逆へ振って、向きを変えた。

振り返ると、タイヤがスリップしていることが、煙でわかった。

ロジがギアを変え、クルマは加速する。すぐにまたギアアップ。

ようやく、少し慣れてきて、周囲を見回すことができるようになった。

建物らしきものは、観客席のようだ。ここに大勢の観客がいる光景を見せてくれるのだろうか。

ロジは、自分たち二人だけだ、と話していたが、普段はほかにも走るクルマがいるはずだ。そもそも競走をするためのコースであり、クルマであるはず。

相手がいなければ、楽しさが味わえないのではないか、と不思議に思った。

その後も、カーブを走り抜け、直線では高いエンジン音とともに加速した。

同じ場所に戻ったこともわかった。コースを一周してきたのだ。一周で充分ではないか、と僕は思ったけれど、ここは我慢をしなければならない。

「競走相手がいないと、燃えないのでは?」僕はきいてみた。

「いえ、そんなことはありません。私は一人で走っているときの方が幸せです。競走したいわけではありません」

「そういうものなんだ」

「このクルマ、本当はドライバ一人しか乗れません」

「ああ、そうだよね。そうだと思った。どうして二人乗りなのかなって」

「どうしても、一緒に走りたかったので、改造してもらったのです」

「クルマを?」

「はい……、もちろん、データをですけれど」

「そう。それは、どうもありがとう。体験できて、なんというのか……」

「いえ、べつにおっしゃらなくてもけっこうです。私の自己満足ですから。そうですね、そろそろやめましょうか？　酔いませんか？　不快に思われたら、遠慮なくおっしゃって下さい」

「いや、そんなことは全然ないよ。面白い。私自身、自分でクルマを運転したことがあるからね」

「そうです、クルマをお持ちでしたよね」

「まあ、自分でコントロールしたのは一割以下だと思うけれど」

「もう少し、よろしいですか？」

「思う存分やってもらってかまわない」僕は答えた。

「それじゃあ、ちょっと、外へ出ましょうか」ロジが言った。

「外？」何のことなのか、意味がわからなかった。

ロジがステアリングを切った。

クルマは左を向き、周囲が回った。スピンしているようだ。

何度か同じものが目の前を通り過ぎる。

しかし、そこでエンジンが唸る。ギアが変わった。

クルマは加速し、観客席の方へ突進する。このままでは、フェンスにぶつかるのではないか、と思ったとき、四角い黒いものが近づいてくる。

その中へ飛び込んだ。ぶつかった衝撃はなく、クルマは走り続ける。どうやらトンネルのようだ。このクルマにはライトがないのだろうか。

先に小さく見えた白い四角が、たちまち大きくなったかと思うと、また明るくなる。

ロジは、クルマを右へ向ける。

道路だった。

街の道路だ。ほかにも、クルマが走っているようだが、それほど混雑してはいない。

坂道を下っていき、交差点で左折をした。

見たことのない街だった。全体的にレトロな雰囲気だった。歩いている人たちは、誰もこちらを見ない。不自然なほど無関心である。

「ここは、どこ?」

「さあ、どこでしょう。とにかく、山の方へ行きましょう」

「山?」僕は周囲を見回した。そんなものはどこにも見えない。

しかし、真っ直ぐの道路を走り抜けるうちに、左に荒野のようなエリアが見えてきて、岩山がその先に現れた。

「なんか、どこかで見たことがあるような……」僕は呟いた。そして、思い出した。エジプトだ。エジプトで、ロジが運転するクルマに乗って、こんな光景の場所を走ったことがあった。

「どこかで停まって、休憩しましょうか？」ロジがきいた。

「いや、大丈夫。休憩って、べつに疲れていないし……」

「嬉《うれ》しい」ロジが高い声で叫んだ。

僕はびっくりして、彼女の方を見た。彼女もこちらを向く。

そういう感情的な言葉を発するのを、初めて聞いたような気がした。叫ぶことはあったかもしれないが、肯定的な叫びを聞いたことはないように思う。とても意外だ。彼女はちらりと僕を見ただけで、また前を向いた。口許《くちもと》が少し緩《ゆる》んでいて、笑っている横顔だった。幸せそうな顔だ。

ああ、良い顔をしているな、と僕も感じた。他人の嬉しさが自分の嬉しさに変換されるという現象は、いかなるメカニズムだろうか。そのファンクションを是非究明したい、と考えた。

ハイウェイのような道路から逸《そ》れて、上り坂になった。でも、舗装はされているし、ガードレールもある。近くを走るクルマはいなくなっていた。あまり人気《ひとけ》のない道のようだ。

カーブが増える。斜面をジグザグに上る道になった。さきほどのサーキット以上に急カーブの連続だ。直線は僅《わず》かな長さで、ほとんど加速することができない。今乗っているクルマは、この道には適さないのではないか、と思えた。

やがて、景色が開け、道が真っ直ぐになる。台地のような場所だった。黄色い草が一面に広がっていて、その真ん中を道路が通っている。そこでようやくクルマの本領を発揮し、加速した。

なるほど、気持ちの良いものだな、と少し理解ができた。こんな速度で人間は走ることができない。それを機械によって実現したのだ。空も飛べなかったし、水の中へ深く潜ることもできなかった。宇宙へ飛び出すことなど、昔は考えもしなかったはずだ。そういった不可能を、人類は少しずつ克服してきた。たぶん、こうして自分の操作で大地を自在に疾走《しっそう》するのも、そんな夢の実現の一歩として、人間の精神を解放するのではないか。

解放か……。

つまり、それ以前は、拘束《こうそく》されていたのだ。

不自由だった。

人は、生物としての不自由さに縛られていた。

短い人生で死ななければならなかったのだ。

どんな楽しいことをしても、どんなに沢山《たくさん》のものを知っても、それらをすべて手放さなければならなかった。

考えてみたら、こんなに大きな悲劇を抱《かか》えたまま生きていたのだから、まさに想像を絶する苦境だったはず。

なのに、そういった逆境に屈することもなく、人は生き続け、研究し続け、考え続け、何世代にもわたって、自分たちの可能性を追求してきた。素晴らしいことだ。

今のこの時代は、これまでの大勢の人たちが築いてきたものだ。そのピラミッドの頂《いただき》に立っているといっても良いだろう。昔の大勢の先祖によって、今の人たちは生かされている。

ほとんど永遠に近い寿命を手にいれた。子孫が生まれない問題も、近いうちに解決するだろう。

このようにヴァーチャルの世界で生きられることは、なによりも安全だし、個人それぞれの世界を築くことで、欲望が他者とぶつかることも避けられ、結果的に争いが起こりにくい平和な社会が実現できる、と今は考えられている。

細かい問題は多々あるものの、方向性としては間違っていなかった。みんなで考えて決めてきたことだから、もちろん正しいはず。人工知能も育ち、かつてよりも格段に知性の力は増している。実に良い時代になった。

高い場所まで僕たちは上がってきた。

見晴らしが良い。ガードレールのむこうは地面がずっと低いから、落ちたら大変だ。でも、ここはヴァーチャルなのだから、実質的な危険は存在しない。たとえ落ちても、夢から覚めるだけ。いつでも時間を戻して、やり直すことができる。

クルマが停まった。

突然だった。

しかも、ブレーキの加速度を感じなかった。

ふっと力が抜けるような体感だった。

「あれ?」という言葉しか出ない。

風景を見ることはできた。隣のロジを見ると、ステアリングを握ったまま前を向いている。しかし、動かない。

「どうしたの?」僕はきいた。

「わかりません」彼女は、その姿勢のまま答えた。

「会話はできる」僕は呟いた。

「そうですね。システムの不具合でしょうか。こんなことは初めてです」

「珍しい」僕は頷いた。だが、実際には頷かなかっただろう。「あるんだね」

次の瞬間、目の前は真っ暗になった。

なにも見えない世界。

暗闇《くらやみ》。

黒。

宇宙のようだな、と僕は思った。
でも、こうして思ったり、考えたりできるのだから、まだ世界は存在している。
話ができるのだから、僕もロジも存在している。
本当に?
ただ、そう感じているだけ。
感じさせられているだけかもしれない。

# 第1章　楽園はいつ消えるのか？
## When will Paradise disappear?

ビリー・ピルグリムは河床に横たわり、何の痛みもなく蒸気に変ってゆく自分を想像していた。みんながあとほんのすこしだけ放っておいてくれれば、だれにも迷惑をかけずにすむのだ。彼の体は蒸気となって、木々の梢《こずえ》のあいだをたちのぼってゆくのだ。

どこかで大きな犬がふたたび吠《ほ》えた。恐怖とこだまと冬の静寂の助けをえて、犬の鳴き声は、巨大なドラの音を思わせた。

### 1

真っ暗な闇の中で、僕はしばらく考えていた。もしかしたら、ガードレールを突き破って、僕たちは谷へ真《ま》っ逆《さか》さまに落ちていったのではないか。決定的瞬間の映像はなかったけれど、死ぬときはこんなふうなのかもしれない。その一番肝心な部分は、人間の頭脳には記憶されない、という話を聞いたことがある。大きな事故に遭遇した人たちは、救出され、一命を取り留めたあとに、なにも覚えていないと語ることが多いらしい。

ヴァーチャルだったはずだ。しかし、死を再現したのかもしれない。だとしたら、滅多にない貴重な体験といえるのではないか。次には、ロジのことを考えた。彼女も僕と一緒に死んだのだろうか。自分はどちらでも良いけれど、若い彼女は、少し可哀想《かわいそう》だ。その思いで、胸がいっぱいになった。

「あのぉ……、寝ているのですか？　起きてもらえませんか」いつものとおり低温なロジの声だった。

ゴーグルを取って、目を開けた。眩《まぶ》しさは、それほど感じなかった。目の前にロジの顔がある。僕を覗《のぞ》き込《こ》んでいるようだった。

「起きたよ」僕は報告する。

「それはわかります。見解を聞かせて下さい」

僕は上半身を起こした。カプセルというのは、棺桶《かんおけ》とほぼ同じだ。非常に寝心地の良い空間で、このまま眠ってしまいたい、といつも思う。起き上がって、現実社会へ復帰したところで、今までより面白いものはない。だいいち、まず自分の体重を支えなければならないし、リアルでやるべきことを、メモリィにアクセスしてダウンロードしなければならない。とにかく、現実を生きることは面倒な作業なのである。

「見解？　何の？」僕はきき返した。「ああ……、ドライブの感想ってことだね？」

「違います。ブラックアウトしたじゃないですか」

「うん、システムダウンだろう。カプセルの故障か、通信障害か……」

「それはありません。確認しました」

「じゃあ、サーバのダウンかな。どこのサーバなの？」

「知りません。でも、スペシャルなシステムではありません。大勢の一般利用者がいるはずです」

「そう？　ああいうのは、かなりマイナだと思っていたけれど」

「それは、設定によります」ロジは、そこで短く溜息《ためいき》をついた。「今問い合わせています。少なくとも、事故が発生したことは、既に方々で報道されています。騒ぎにはなっています」

「事故？」

「何がアクシデントの中心か、まだわかっていません。停電なのか、それとも、ハードの故障か、ソフトの暴走か」

「どれも、起こりにくいね」僕は頷いた。「それだけ大勢が利用するシステムなら、簡単にそんな事態に陥《おちい》るとは考えられない」

「私もそう思います。でも、ここは日本ではありませんから」

それは無関係だろう。ドイツが技術的に劣《おと》っているなんて話は聞いたことがない。ロジが発した問合わせが、どこへ宛《あ》てたものかもわからなかった。警察？　それとも情報局？

どうやら、返事はないらしい。

僕たちは、リアルの階段を上がって、キッチンへ行った。ロジが、コーヒーを淹《い》れてくれた。その作業をしている間も、彼女は顳顬《こめかみ》に指を当てて、通信を試みていた。核心的な情報が得られた様子はない。なにかわかったら、僕に話してくれるはずだ。

そのあとは、仕事場に戻って、僕は木材を削《けず》った。何を作っているのかといえば、楽器である。木材を削り、重ねて貼《は》り付《つ》け、塗装を繰り返す。そんな地道な作業だ。完成品は、別の工場へ五つずつ売っている。そのあと、最終的な仕上げがされて、商品となるらしい。僕は、直接客を相手にすることはないけれど、たまには訪ねてくる人もいる。工場で作り手を聞いてきた、といった感じだ。そこでちょっと特別な要望を受けることもあって、今作っているのは、そんな特注品の一つだった。出来上がるのは三週間以上さきのことになる。木材を変形させるのと、接着するために時間がかかるからだ。こういう急いではいけない作業は、僕のようなせっかちな性格には、良い矯正《きょうせい》になっているだろう、と感じている。

夕食の時間が近くなった頃、ロジが奥の部屋から顔を出した。僕の作業の様子を窺《うかが》っている顔だ。

「なにか情報が?」僕は尋ねた。

「大きなトラブルになっている、という報道だけです」ロジは答える。

「大きな？　範囲が広いという意味？」

「ヨーロッパと、アジアの一部。日本は今のところ被害がないみたいです」

「被害って、言っているの？」

「そう言っています。でも、原因がわからないのですから、加害者がいるのかどうかは不明」

ロジはそれだけ言って、顔を引っ込めたが、数秒後にまた顔を出した。

「言い忘れました。お食事ができました」

「え？」僕は驚いた。「そろそろ作ろうと思っていたのに……」

立ち上がって、キッチンへ行くと、パイが出来上がっていた。

調理器が作ったものであることは明らかだが、ロジがアレンジをしたことも、すぐに見て取れた。何を参考にしたのか、ききたかったが、きかない方が良いだろう、と思い直した。こういった判断は、僕は慣れていない。間違っている可能性も高い。

さっそくいただくことにする。

これがなかなか美味《うま》かった。その感想を、素直に言葉にしたが、ロジは僅かに微笑んだだけだった。大きなリアクションはなかった。

「その後、なにか情報が入った？」僕は、別の話題を振った。

「はい、既に自殺者が百人以上出ているそうです」

「は？　自殺者って……、何のこと？　ヴァーチャルで自殺をした人？」

「いいえ、リアルで自殺した人のことです。半数は蘇生《そせい》しているそうですけれど」

「うーん、どういうことかな……」僕は首を捻《ひね》った。顔が三十度以上傾いたはずだ。

「ヴァーチャルへ行けなくなったことを悲観した、ということだと思いますけれど」ロジが説明する。

「まさか……」思わず呟いてしまった。「まだ、システムがダウンして、数時間のことじゃないか。少し待てば、復旧するだろうというくらい想像できないのかな」

「詳しいことはわかりませんが、ヴァーチャルの世界で、とても大切なチャンスを逃したのかもしれません」

「たとえば、どんな？」

「たとえば、そうですね、ちょうどなにかの競技で、試合中だったとか」

「でも、ヴァーチャル世界自体がストップしたのだから、試合の相手もなにもできない。自分だけが動けなくなったのではなく、時間が止まったようなものだから、また再開したら、元の状態からリスタートできるのでは？」

「そうですね。そう考えるのが普通だと思います。でも、もしかしたらデータが失われていて、試合の最初からリスタートとなるかもしれません」

「それでも、構わないいんじゃないかな……、ああ、自分が有利だったのに不公平だ、という不満？　そんなことで自殺する？」

「私はしません」ロジは首をふった。

「君にきいているわけじゃないよ」僕は苦笑した。

「長い期間、ずっとヴァーチャルで育った世代にとっては、あちらはリアル以上に大事な世界だったのかもしれません。もう、すべてお終《しま》いだ、と悲観してしまうのかもしれません」

「うーん」僕はまた唸った。「考えられない。でも、そうだね、うん、事実は受け止めるしかないかな。とにかく、パイは美味《おい》しい」

「私も、さきほど運転したクルマが、崖《がけ》から落ちて再起不能になっていたら、悔《くや》しくて泣くかもしれません」

「え？　それは、リアルの涙？」

「いいえ、ヴァーチャルですね」ロジは無表情のまま答えた。

面白いことを言うな、と僕は思った。ヴァーチャルでは性格も異なると言いたいようだ。だが、もしかしたらそれが普通かもしれない。リアルの社会でも、ほとんどの人は自分を演出し、役目に適合した性格を創《つく》り出《だ》しているはずだからだ。たまたま僕の場合、そういった必要のない職業に就いていただけのこと。僕の方が普通ではない。

食事を終え、リビングで寛《くつろ》ぐ頃には、もう少し詳しいニュースが流れてきた。そのヴァーチャル空間は、アリス・ワールドと呼ばれているものだが、原因不明のシステムダウンに見舞われ、復旧の目処《めど》は今も立っていない。方々にその影響が広がっていて、体調の不具合を訴える市民が続出している。医療機関はその対処に追われているという。このトラブルは、アリス・ワールドの複数のサーバでほぼ同時に発生したものであり、現在わかっている被害は、ドイツとフランス、あるいはアジア東部の諸国で報告されている。

警察はもちろん、ドイツとフランスの情報局が共同で捜査に乗り出しているものの、まだ情報収集の段階であって、具体的な対処には至っていない、とのことだった。

「日本はどうなんだろう?」僕はロジにきいた。当然、彼女はそれを把握しているはずだ。

「被害の報告はありません。ただ、こちらのシステムに参加している人が多数いるとは思います」ロジは答えた。予想していた質問に答える報道官のようだ。

ネット社会には、国境がない。システムや大部分のデータがどこのサーバにあるのか、という点でしか、リアルの地理に関係しない。

「おかしな話だと思わない?」僕はきいてみた。

「思います」ロジは頷く。「原因が特定できなくても、システムを立て直すことは可能です。復旧はできるはずです」

「というよりも、そもそも自動的にそれがされるのが普通だよ。システムというのは、その程度の自律性を有していて、初めてシステムと呼ばれるといっても良い」

「なにか、人為的な攻撃が外部からあったということでしょうか？」

「攻撃するには、あまりに無差別というか……。普通だったら、もっと公共の機関とか、軍事関係なんかが攻撃対象となると思う。いわばエンタテインメントのシステムに攻撃したって……」

「でも、影響は大きいみたいです」

「自殺とか、健康被害とか、どうもわからないけれど、まあ、そういう人もいるのかな。あまりにも、ヴァーチャルに頼りすぎている、ということだね」

「リアルの都市機能が停止した場合と、同じなのかもしれません」

「停電とかでね。でも、そうならないようにバックアップがあるし、防御する仕組みがある。それに比べると、ヴァーチャルのエンタテインメントは、そういった対策に力を入れていなかった。無防備だったのだろうね、きっと」

「そんなことはないと、私は思います」ロジは否定する。「現に、同じようなトラブルを聞いたことがありません。調べてみましたが、もう三十年以上、大勢が関《かか》わるようなシステムでは、大きな障害は発生していないそうです」

三十年か、と僕は思った。僕が若い頃には、幾つかあったように記憶している。そう言われてみれば、最近はなかったかな、と再認識せざるをえない。

## 2

向かいの家のビーヤとイェオリが訪ねてきた。玄関口で話をするには、外気温が多少低い。奥のリビングまで入ってもらうことにした。この老夫婦は、僕たちが住んでいる家の大家《おおや》だ。精確には、ビーヤが大家で、その夫のイェオリは作家である。二人とも、既に夕食を済ませてきたと話し、僕たちも食後であることを確認してから、家の中に入った。ほとんど毎日顔を見かけるし、お互いの家を訪ねることも週に一度はある。この周辺の人口密度は低い。彼ら以外に、このような親しい関係の家はない、ともいえる。

ビーヤは、ヴァーチャルのダウンの話がしたかったようだ。詳しくは聞けないが、彼女もそれを楽しんでいたらしい。これまで、そんな話をしたことはない。

「私はやらない」イェオリは首をふった。「ああいうのは、想像力のない連中がするものだ。いや、否定しているのではないよ。比較的そうなんじゃないか、という話」

作家といっても、ノンフィクションの記事を書くことが仕事だと聞いている。

「私たちがオンラインだった最中に、ダウンしたんですよ」ロジは言った。

「まあ、そう」ビーヤが目を見開いた。「私もなの。同じ。ね、どんなふうになったの？突然、切れたでしょう？　停まって、そのあと真っ暗になった？」

ロジが、そのときの様子を説明した。まず映像が停まって、数秒後にブラックアウトしたと。ビーヤは何度も頷いた。同じ状況だったらしい。まるで死んだときのようなイメージだった、と僕は補足しようと思ったが、少なからず不吉な発言なので、思い留《とど》まった。するとビーヤが不思議な話を始めた。

「私ね、一度死んだことがあるのよ」そう切り出したのである。

十年ほどまえの話だという。急に意識がなくなり、その場に倒れてしまった。生憎《あいにく》、近くに人がいなかったので、発見されたときには十時間以上が経過していた。病院へ運ばれ、手当を受け、蘇生したものの、一カ月間も意識が戻らなかったという。彼女自身、目が醒《さ》めたときには、自分が誰なのか思い出せなかった。夫の顔を見ても、まったく他人だと思えた、という。

「イェオリのことを思い出したのは、半年後くらいだったかしら」ビーヤは言った。

「そうだね。あのときは、さすがに私も感動した。二人で大泣きしたね」イェオリが淡々とした口調で言った。かえってその無感情な口調が、感動的であった場面を強調する効果があった。僕は、ロジが目を潤《うる》ませているのを見た。もちろん、演技かもしれないが。

「それもね、うーん、なんていうのか、突然だったのよ」ビーヤは両手を翻《ひるがえ》して、大袈裟《おおげさ》に話した。「ああ、そうそう、そうだったわね、みたいな感じ。わからないものね。なにか切っ掛けがあったわけでもないんです。ただ、窓の外を眺《なが》めていて、庭にいる彼の姿を見て、ふと、そうじゃないって、思い出したの」

「そうじゃない？　何がですか？」ロジが尋ねた。

「彼が、私の植えた花に肥料をやっていたの。それが違うっていうこと。だから、外へ出ていって、イエオリ、違うでしょうって、言ったわけ」ビーヤは、そこで笑った。

「医者は、記憶は戻らないだろうって、話していた」イェオリがつけ加える。

「そうそう、それでね、同時に思い出したことがあったわけ」ビーヤが語る。「死んだときのことを思い出したの。急に躰が動かなくなって、床に倒れた。顔は横を向いていたわ。ばったり倒れたんじゃないの、自分で倒れた。手をついて、膝《ひざ》を折って、横になったら、脚を伸ばした。死ぬと思ったから、ちゃんとしなくちゃって、咄嗟《とっさ》に考えたの。それから、しばらく目を開けていて、窓が見えて、カーテンが止まっていたのを見たわ。風で靡《なび》いていたカーテンがですよ。それが、止まっているの。揺れた途中で、ポーズになったみたいに……。あと、音はしばらく聞こえた。外のクルマの音がした。誰か来てくれたら良いのになって考えた。でも、次は音が聞こえなくなって、それから真っ暗になったわ。目を瞑《つぶ》ったのかなって、思ったんだけれど、もうそれが確かめられない。手は動かないし、目を開けることもできない。ああ、私は死んだんだって思った。それから、しばらく、いろいろ考えました。イエオリに伝えておきたいことがあったわ。えっと、今は、ちょっと言えませんけれど……」ビーヤはそこでにっこりと微笑んだ。死んだときの話をしているにしては、明るい表情である。

ロジは笑わなかった。眉《まゆ》を顰《ひそ》め、心配そうな顔つきだった。これも演技かもしれない。彼女は、感情を表に出すようなことは滅多にない。完全にコントロールされているのだ。

「まるで、さっきヴァーチャルがダウンしたときみたいでしょう?」ビーヤが言った。どうやら、それが言いたかったから訪ねてきたようだ。「だから、私思ったの。ああ、これは死ぬところを皆さんに見せているのだって」

「誰がですか?」僕は尋ねた。いきなりの質問にびっくりしたらしく、ビーヤは驚いた顔を僕の方へ向けた。

「誰が?」ビーヤは首を傾げる。「えっと……、それは、神様じゃないかしら。あ、違うわね。つまり、あの世界を作っている人たち。何て呼べば良いの?」

「ヴァーチャルのシステムを運営している企業のことですか?」僕は言った。「そこの担当者というか、コンピュータ技師というか」

「そうそう。そういうことね」ビーヤは頷く。「その人たちが、死んだときのことを皆さんに見せたかったのよ。こんなふうですよって」

「うーん、どうして見せたいのですか?」僕はきいた。

「それは、知りません」ビーヤは首をふった。「でも、今どきはね、誰も死ななくなってしまって、死んだらどうなるのかって、考えたこともない人ばかりなのよ。天国とか、もう想像もしないんじゃないかしら。それどころか、神様も信じない。そういう世の中なんです。だから、たまに死の経験をさせてあげないと、大事なことを忘れてしまうかもしれないわ。そうじゃありません？」

「そうかもしれませんね」僕は頷いた。大事なことって何だろう、と考えながら。

僕の言葉で、ビーヤは安心したように微笑んだ。自分の話がわかってもらえた、と感じたのだろう。僕は、全然わからないが。

ロジが、二人のためにお茶を出した。日本茶だった。以前に、ビーヤが気に入ってくれたからだ。だが、僕とロジの二人だけのときに日本茶を飲むようなことはあまりない。日本人は、コーヒーも紅茶も飲まない、とビーヤは考えているかもしれない。

結局、三十分ほどでビーヤとイェオリは帰っていった。時刻はまだ九時まえだった。玄関のドアを閉めたロジが、振り返るなり僕に言った。

「オーロラが話があるそうです」

ロジは奥の部屋へ向かい、地下室へ下りていく。僕もそれに従った。

ロジがパスワードなどを示すと、部屋の中央にオーロラが現れた。といっても、三分の一くらい小さくなっている。そもそも、オーロラの実像自体がロボットなので、それが本人だとの認識も間違っている。精確な記述は困難だ。

「こんばんは」小さな人形のようなオーロラがお辞儀をした。顔はロジに似ているが、オーロラが意図的にそう装っているのである。「周辺のセキュリティをチェックしました。この領域は健全です。ヴァーチャルのダウンについて、指令が出ています。ロジさんとグアトさんお二人に対してです」

「え、私にも？」僕は驚いた。「私は、誰かから指令を受けるような立場ではないはずだけれど」

「厳密な表現では、お誘いとでも申しましょうか」オーロラは小首を傾げた。「内容についてご説明してもよろしいですか？」

「ええ、どうぞ」僕は、思わず片手を出した。

「世界各地で発生したことが確認されている、アリス・システム障害の原因を究明していたドイツのとある部局から、日本の情報局に依頼がございました。システムダウンの原因は、ソフトによるものだと断定されましたが、メインプログラムは高度にコーディング・オプティマイズされ、また、プログラム・ソースは行方不明だそうです。運営会社も対処法がわからず、おそらく製作者が最初から仕込んだ意図的なバグではないか、と述べているようです。その製作者は、二十年もまえに亡くなっています。これは私の推測ですが、ソースが行方不明なのは、製作者本人が意図して消し去ったからでしょう。さて、コード解析によるソース復元には時間を要します。また、コードではなく、データに原因がある可能性も考えられます。原因を早期に見つけ出すことは、非常に難しいと推定されます。

そこで、最も簡単な対処法は、システムの知性と対話をすることとです。そのためには、ヴァーチャルの中でシステム自身に直接接触することが最短の手法と考えられます。直接と表現したのは、仮想内での直接です。リアルではありません。この点で、協力組織であるドイツの情報局が適任者として指名したのが……」

オーロラは、僕の方へ片手を差し伸べた。どうやら、僕のことらしい。

「ちょっと待って下さい」ロジが、オーロラに近づいた。「ほかにいくらでも適任者はいるはずです。どうして、よりにもよって……」

「おっしゃるとおりです」オーロラは表情を変えず、微笑を湛《たた》えたまま頷いた。「グアトさんは、情報局とは無関係なお立場の方です。あくまでも、当局の指示は、ロジさんに対してのものです。正式な指令書がまもなく発行されます。それにさきがけて、私が概要の説明に参った次第でございます」

「貴女《あなた》は、いつから情報局の仕事をするようになったのですか?」ロジが尋ねた。

「ご存じなかったかもしれませんが、私は正式な局員です」オーロラは答えた。

「え、本当に? 契約したのですか?」

「そのとおりです」

「知らなかった」ロジは、驚いた顔を僕へ向ける。僕は、ロジに首をふって見せた。僕だって知らない。そもそも人工知能が局員になれるのだろうか。情報局員は、国家公務員だ。法律が変わったということになる。

「新しい法案が成立したのは、四カ月まえのことです」僕が抱いた疑問を演算したらしく、オーロラが答えた。「その施行《しこう》は、半月まえのことです。もし、ご希望でしたら、資料をお届けします」

「いや、必要ありません」僕は手を広げる。「えっと、どういう指令なのか、もう少し具体的に説明して下さい。どこを探るのですか？　どこにハードがあるのですか？」

「いえ、ハードではありません。ヴァーチャルの中に入って、システムと対話をしつつ、探り当ててほしい、ということです。指示は、ロジさんに対するものです。グアトさんは、単なるオブザーバ、あるいはアドバイザです。もしロジさんが必要とするならば、という意味での……」

「意味がわからない」ロジが言った。「どうして私なのか、理由を教えて下さい」

「はい。ロジさんは、当該ヴァーチャルのユーザです。これから登録して入ろうにも、登録ができないのが現状です」

「え、入れるのですか？　ダウンしているのでは？」ロジがきいた。

「ダウンさせることもできない状態です。一種の暴走です」

「暴走？」ロジが言葉を繰り返す。

「ソフトが、コーディングの矛盾《むじゅん》で、ハングアップしていること」僕は説明する。

「知っています」彼女がすぐに囁《ささや》いた。

「ただ、正常に機能していないことが観察されただけです」オーロラが説明を続ける。「混乱を避けるために、ドイツ情報局の人工知能が、アリス・システムへの通信を遮断するスクリプトを発動しました。その結果が現状です。このスクリプトは、完全ではありません。アリス・システム自身が抵抗を示す可能性があります」

「ちょっと待って下さい」僕は言った。「ハードの電源を切ったら良いのでは？」

「できません。システムは、多数のサーバに分割されているうえ、長年にわたって進化を遂げました。ヴァーチャルのシステム自体が人工知能です。その本体は、少なくとも七つ以上の重要なサーバに棲息《せいそく》しており、これを即座に止めることはできません。多くのリアルの環境維持に不可欠な仕事をしているため、それらを別のサーバへ移転する方針を立てるだけでも、国家的な判断が必要です。その議論は、既にドイツとフランスでは委員会を発足させて行われております。最短でも、結論が出るのに五日ないし一週間かかる見込みです。それから、一つだけオフレコでつけ加えますが、当該システムの知能は、対話を欲しています。むこうは、なにか伝えたいことがあるようです。そういった情報が、電子の界隈《かいわい》で流れております。フェイクかもしれませんが、アミラが調べたところでは、アリス・システムが発した痕跡《こんせき》が認められるとのことでした。私も、これに賛成する立場です」

「とにかく、ヴァーチャルの中にログインして、あとは相手の出方を待て、ということですか？」僕は尋ねた。

「はい。そうです。ご理解いただければ幸いです」オーロラは頭を下げた。

## 3

「納得できません」ロジが言った。同じ言葉を、もう三回発している。

リビングの壁際に立ち、腕組みをしている。僕は、ソファで脚を組み、コーヒーカップに口をつけたところだった。オーロラが消えたあと、二人で三十分ほど議論をしたが、ほぼ平行線といえる。僕は、「まあ、やってみてから、また考えよう」だったし、ロジは、「やるだけ無駄です。意味がない。何のためですか？　ゲームユーザを救済するためですか？」だった。議論とはいえない前哨戦《ぜんしょうせん》のような様相である。

単なるゲームだ。そのシステムが駄々を捏《こ》ねているらしい。そこへアプローチして、ご機嫌《きげん》を探ってこい、という指令が日本の情報局からあった。ロジのところに正式の指令書も届いた。そこには、目的など書かれていない。目的という項目は、局員が知る必要のない情報である。

「馬鹿馬鹿しい。そう思いませんか？」ロジが言った。なんというのか、一言一言が飛び跳ねるような躍動感がある発声だ。ほんのときどきだが、彼女のこの声を聞く。全然悪くない。むしろ、心が温まる。

「うーん、馬鹿馬鹿しいとは思わない。単純に、興味がある。どういう意図があって、ダウンさせたのか知りたい」

「意図なんかあるでしょうか？　単に、不具合があって、暴走しただけでは？」

「そうではないというのが、オーロラの考えのようだった。システムはダウンはしていない。もしかしたら、ビーヤが言っていたように、利用者になんらかのメッセージを送ったのかもしれない」

「メッセージだったら、言葉で伝えれば良いのでは？」

「憶測だけれど、自分の影響力を測りたかったのかもしれない」

「どういうことですか？　自殺者が何人出るか、実験したとでも？」

「そう……、そのとおり。人工知能だったら、そういうことに、興味を持ちそうだ」

「もしそうなら、明らかな犯罪です。それこそ、電源を切って、システムを全削除すべきです」

「それは、犯罪者は容赦なく撃ち殺せ、というのと同じだよ」

ロジは、黙った。唇《くちびる》を噛《か》んだ顔で、再び僕をじっと見据える。言いすぎたかな、と思ったので、フォローの言葉を、僕は考えた。

「すみません。そのとおりです」ロジの方がさきに思いついたようだ。彼女は、大きく溜息をついた。「ただ、私たちが、時間と労力を使って解決する問題なのか、と疑問に思いました。私は、局員ですから、私情で抵抗することは許されませんけれど……、でも……」

「私は、かまわないよ。何があるのかなって、好奇心が湧《わ》く。もしやってみて、つまらなそうだったら、撤退すれば良いだけだ。無理をするつもりは全然ない。それに、ヴァーチャルなんだから、フィズィカルなリスクもない。危ない目に遭ったら、ログオフすれば良いだけ。そうじゃない?」

「そうですね。その方法が確実に確保されていることが、重要な条件の一つだと思います」

「その点は、オーロラが約束してくれた」僕は頷いた。

ログインするカプセルとして、ドイツ情報局のものを使用すること、それがオーロラが提示した条件だった。いつも使っている地下室の装置では、不安があるということだ。なにしろ、僕とロジがヴァーチャルに入っている間に、ここを襲撃される危険性がまず考えられる。安全な場所であれば、医療態勢もしっかりしているから、精神的なストレスにも対処ができるはずだ、とオーロラは言った。もともと、それがドイツ情報局から提案されている条件でもあるらしい。僕たちを最大限に援護するためのコーディングを現在作成中で、明日の午前中にも実行が可能になるらしい。したがって、僕とロジが決断すれば、仕事は明日からスタートということになる。

　当然ながら、情報局の端末からログインしていることは偽装される。個人の住宅の、ごく一般的な端末からヴァーチャルに入ったように見せかける。この偽装は、難しくない。ネット上のリンケージコードに細工をするだけで実現する。したがって、電子空間からは、カプセルがどこに存在するのかを探り当てることは難しい。オーロラの演算では、場所を特定するまでに、最低でも三日はかかるらしい。

　長時間のログインは危険なので、長くても三時間ないし四時間程度でログオフすること。そのときに、情報局のチームと作戦会議を開くこと、なども指示された。僕たちが、ヴァーチャルで受け取る情報は、すべて情報局も傍受《ぼうじゅ》できる。ただ、直接の相互通信はできない。それをすると、ヴァーチャル上の仮想の相手、すなわちその世界の主に知られてしまうからだ。

「その主というのは？」僕はオーロラに、そのとき尋ねた。もちろん、知らないわけではない、オーロラがどう答えるのかに興味があった。

「アリス・システムの人工知能のことです。その世界の神といっても良い存在です」オーロラは、そう表現した。

　ヴァーチャルの世界に神が存在するなどと考えているユーザは、おそらく少数だろう。また、人工知能のオーロラが、その言葉を用いたことも意味深い、と僕は感じた。

「作戦会議を、事前に行うことを要求します」ロジが言った。どうやら、任務を遂行することを決心したようだ。たしかに、なんの指針もない。何をどう探せば良いのか、雲を摑《つか》むような話である。

「おそらく、私たちが中に入らないと、情報局のスタッフも考える材料がない、ということだろう」僕は言った。それは僕自身も同じ条件である。「ただ、オーロラが言っていたように、神は、私たちに会いたがっているらしい。だから、近づいていけば、なんらかのアプローチがある、と思う。私たちが選ばれたのも、その理由からだ。ほかの者では駄目だということなんだ」

「そこが、一番わからないところです」ロジは言った。「あぁ、でも、今は議論はけっこうです。堂々巡りになりますから。もう一つの疑問は、いったいこのゲームの何がそんなに重要なのか、という点です。価値のあるものなのでしょうか?」

「オーロラは、その点については、説明を避けていたように感じた」僕は言った。

「そうですよね」ロジが頷いた。「なにか隠しているのでしょうか?」

「当然、なにかは隠しているだろう。隠さないと、誤解されやすい、あるいは理解されない、と考えた結果だろうね。それは、そのとおりかもしれない」

「そこが、胡散臭《うさんくさ》いと思います」ロジが言う。

「そうそう、胡散臭い。まさにそうだ」僕は頷いた。「ただ、ヴァーチャルは、いずれはリアルになるかもしれない。大勢が、ヴァーチャルこそ社会そのものだと認識すれば、簡単に逆転するだろう。そうなると、神も本物になる。それを、おそらく未来へ人間社会を導く立場の人たちは考えているはずだ。そのうちの半分は、人工知能だけれどね。つまり、この問題をきちんと解決しておきたい、という意思があるはずだ。そうしないと、未来でもっと大きな、それこそ人類にとって致命的な結果をもたらすかもしれない、とね」

「元々の設計者が仕掛けた意図的なバグだとしたら?」

「その可能性は低い」僕は即答した。「もし、社会をひっくり返してやろうと考えたのなら、もっとヴァーチャルが普及して、リアルに近いものになってから実行するように仕込んだはずだ」

「でも、いつそうなるのかは、二十年もまえには予測ができなかったわけですから」

「いや、システムは高い知能を持っている。その程度の環境把握は充分に行っているはずだ。したがって、むしろその逆で、今のうちに問題を顕在化させておいた方が、人類のためになる、と考えた可能性の方が高い。いずれ大きな問題になることだから、早く認識して、具体的な対策を立てろ、というメッセージだということ」

「そこまで贔屓目《ひいきめ》の観測は、私には無理です」ロジは首をふった。

贔屓目か、と僕はロジの言葉を嚙み締めた。

そうかもしれない。人間は、人間を贔屓しているものだ。人間が作ったものも贔屓する。否、僕だけの特徴だろうか。

ロジとの議論は、そこで打切りになった。彼女が部屋を出ていったあとも、僕はソファにしばらく座っていた。誰かに相談したいな、と思った。しかし、誰に？　一番に思いついたのは、ドイツの科学者ハンス・ヴォッシュである。連絡をすれば、すぐにも話ができるだろう。ただ、何をどう話すのか、と考えてしまった。問題が明確ではない。状況も条件も不明だ。目的も目標も曖昧《あいまい》で、何がどうなれば成功なのかもはっきりとしない。もう少し、問題に近づき、種々の観察情報がなければ、議論にならないのではないか、と感じた。

明日、まずはアリス・システムのヴァーチャルに入ってみることだ。フリーズし、ブラックアウトした世界は、今はどうなっているのだろう。それを見なければ、そのさきのことが考えられない。

あのときは、夢から覚めるようにログオフした。そして今、その同じ夢の続きを見ようとしているのだ。そもそも、そんなことが可能なのか、という疑問もある。

## 4

翌日、僕とロジは自宅の前まで迎えにきたコミュータに乗った。その後すぐ、警察のクルマが前後に一台ずつ護衛についたが、僕たちのコミュータには誰も乗り込んでこなかったから、二時間ほど、彼女とおしゃべりをすることができた。もちろん、盗聴されていることは確実なので、まったく他愛《たわい》もない話をした。ロジは、いつになく無邪気《むじゃき》な口調で、はしゃいでいるように見えた。完全に女優モードで演技をしているのだ。

大家のビーヤには、しばらく故郷に帰ると話した。家のまえではコミュータ一台だけだったので、不自然さはなかっただろう。村を離れたところで、簡単なメッセージがあり、警察のクルマがついた。これについては、そうしてほしいとロジが指定したとおりの手順だった。

ハイウェイに乗った頃には、コミュータの壁に映し出される風景にも厭《あ》きてしまい、端末でニュースを読んだり、学会誌で審査を頼まれている論文を読んだりしていた。そろそろ、この種の仕事からは引退したいと考えているのだが、僅かばかりでも収入になるので、きっぱりとは辞められないでいる。

ドイツ情報局は、僕とロジのことを知っている。つい先日も、デミアンと名乗るウォーカロンの件で、当局に協力をした。ただし、そのときの担当者は今はいない。また、情報局の建物へ出向くのも初めてだ。それがどこにあって、どんな施設なのかも、明らかにされていない。日本の情報局でも、その点は同様だったので、類推していろいろ想像してしまった。たとえば、表向きは、普通のオフィスビルで、その地下に秘密裏に存在する、とかである。

そろそろ到着する時刻かな、と思っていた頃、太い柱が並んだ神殿のような古風な建物の前で、コミュータは停車した。コミュータのモニタには、〈自然博物館〉と表示されていた。

警官とともにエスカレータで入口まで上がった。ピロティで二人が待っていた。ロジが認識信号を確認する。僕もメガネをかけているので、相手のプロフィールなどを知ることができた。女性の方が上司で、肩書きは局長補佐だった。男性は若く見える。こちらは局員とだけ表示された。僕は、楽器職人と出ているのだろうか。自分のプロフィールは実際に見たことがない。

「ご協力に感謝いたします」局長補佐が言った。

握手をしたあと、建物の中に誘導された。ホールと受付がある。普通の博物館のようだ。今では、これを〈動物園〉と呼ぶのが一般的になった。世界中の動物を見ることができるからである。もちろん、すべてロボットだ。ナチュラルな動物を展示することは、この国では禁じられている。

動物を見るエリアへは入らず、少々残念だった。関係者だけが入れる通路を進み、僕たち四人だけでエレベータに乗った。今まで付き添っていた警官たちは任務から解放されたようだ。上かな、下かなと考えていたら、エレベータは上昇し始めた。予想に反して、地下ではないようだ。しかし、外観からして建物は高層ではない。せいぜい十階程度しかなさそうだった。

ドアが開いた。オフィスのような場所で、グリーンの絨毯《じゅうたん》が敷かれている。入口にはセキュリティチェックがあったが、ここがどこの何なのかを示す表示は見当たらなかった。

ドアが開いて、部屋の中に入った。コンピュータらしき機器が左右に列を成して並んでいた。その間を通っていくと、突当《つきあ》たりから通路が左右に延びている。正面のドアが開いたので、奥の部屋に入った。

少し暗い、比較的狭い場所だった。テーブルなどはなく、片側の壁にロッカのようなケースが並んでいる。折畳み式の椅子《いす》が壁に立て掛けられていた。奥にはドアが一つだけ。誰もいない。何をするための部屋だろう。僕は天井《てんじょう》を見た。組み込まれた照明だけ。特に変わったものは見当たらない。

「この奥に、カプセルがあります。準備は整っています。我が国の名誉にかけて安全を保障します。いつログインしてもらってもかまいません。部屋には集音マイクやカメラがありますので、プライベートな場所ではないとご理解下さい。話してもらえれば、こちらにはいつでも聞こえます。ご要望があれば、なんでもおっしゃって下さい」局長補佐が淀みなく説明した。

「お飲物か、お食事をご用意いたしましょうか?」局員の男がきいた。

「熱いコーヒーを」僕は答えた。朝からまだ飲んでいなかったからだ。

「私は、いりません」ロジが言った。「今、小型の銃を携帯していますが、このままでよろしいでしょうか？」

「問題ありません」局長補佐は答えた。おそらく、銃のことはとっくに検知していただろう。

コーヒーを半分ほど飲んだあと、奥の部屋に入った。僕たち二人だけになった。八メートル四方ほどの部屋で、右の壁際にソファが一脚。低いテーブルもあった。カプセルは左の壁際に二つ並んでいた。一般のものよりも少しサイズが大きいようだ。

「さて、どうする？」僕はロジにきいた。「ひとまず、ソファに座って、呼吸を整える？」

「呼吸を整えたら、どうなるのですか？」ロジがきき返す。

「いや、落ち着くかなと思って」

「私は落ち着いています」ロジは僕の方を向いた。「いかがですか？」

「じゃあ、行ってみようか」僕は言った。

それぞれカプセルの中に入った。僕はメガネを外し、代わりにゴーグルを装着する。案内音声が流れたが、特に変わったことは言わなかった。

しばらく、じっとしていた。目を瞑っていたわけではないが、寝ているのと同じだ。その闇が、静かに、そしてゆっくりと消えていく。

明るい場所だった。

僕は、シートに座っている。クルマのシートだ。少し意外だった。どこかの建物の入口に立っているようなスタートが、普通は多いからだ。

数秒後に、隣のシートにロジが現れた。まるで、どこかから投影されているような像として出現したが、たちまち普段通りの、違和感のない存在に見えた。

彼女はこちらを向く。むこうや後方も見た。

「どこですか?」ロジがきいた。

「えっと、たぶん、あの山道じゃないかな」僕は答える。

彼女は、周囲をもう一度見回し、次にクルマのモニタを見た。最後に、自分が握っているステアリングを確かめたようだ。

「本当だ、私のクルマですね」

「ガードレールから飛び出して、真っ逆さまだったわけではないってことだね」

「え、そんなふうでした?」

「いや、僕の勝手なイメージ。よく覚えていない。ほかに変わったことは?」

ロジは、手を伸ばして、エンジンをかける。クルマは軽く振動した。

「わ、振動がリアルですね」ロジが言った。「カプセルのグレードが高いのかな」

「この世界は、消えていなかった。ほら、鳥が飛んでいる」僕は空を見上げて言った。

「少なくとも、私たちは受け入れられたわけですね」

面白いことを言うな、と思った。まるで、この世の神の体内にでも入ったみたいだ。拒絶され、異物と見なされて、くしゃみのように吐き出《はだ》されるとでも思ったのかもしれない。それはそれで興味深いとは思う。

ロジは、ダッシュボードのモニタをまた覗き込んでいる。今は地図が表示されていた。僕も見てみたが、特に変わったものが近くにあるわけでもない。ただの山道だ。

「どうします？」ロジは僕の顔を見た。

「もともと、君はどこへ行こうとしていたの？」

「え？」

「あの、システムダウンのとき」

「目的地はありません。ただ、このクルマの加速を見せたかっただけです」

「この山を登る道は、どこへ出るの？」

「知りません」ロジは首をふった。「ここへ来たのは、あのときが初めてです」

「なんだ……、それじゃあ、なにか変わったところがあるかどうかも、わからないね」

「わかりません。あ、でも、エンジンは冷えていましたね」

「エンジンが冷えていた？　それは、このまえ乗ったときから、時間が経《た》っているのだから、当然なんじゃあ……、いや……、違うか……、あれから時間が流れていたのかな……。うん、変だね。誰が時間を流したんだろう？」

「神ですか？」ロジが言った。

自然であれば、エントロピィが増大する。熱い物質があっても、放熱してやがて冷める。しかし、ヴァーチャルの世界では、自然というものは、設定し演算しないかぎり存在しない。時間も意図的に流れるものだ。ものが朽《く》ちるのも腐るのも、条件によって処理され、数値から計算した結果でなければならない。システムがダウンしたあと、ここへは誰も来ていないはずだ。だとしたら、その間、時間を経過させたのは、「不自然」なのだ。

「私たち以外に、誰かログインしているのでは？」ロジが言った。

「君は、天才だね。よくそういうことを思いつくものだ」僕は微笑んだ。

「嫌味ですか？」

「とんでもない。賞賛している、本当に、純粋に……。とにかく、しばらくドライブしよう。視点を移動させてみたい。突っ走って」

ロジは頷き、クルマをスタートさせた。エンジンが唸りを上げ、振動と同時に加速度の体感もあった。カプセルの中でシートが動いているからだ。

「あ、風がありますね。今、微《かす》かに排気ガスの臭いがしました」ロジが言った。

僕は気づかなかった。彼女が言いたいのは、エンジンの排気が、風向きの影響で、運転席に一瞬だけ到達したということだろう。臭いも再現されているようだ。さすがに上等なカプセルだけのことはある。

山道は森林に入り、高い針葉樹の間を突き進んだ。風が顔に当たる感覚もたしかにあった。これだけ精密なシミュレーションの中で長時間過ごせば、ここがリアルでも良い、これで充分だと思えるかもしれない。つまり、錯覚が現実になる。

人間は、楽な方へ靡《なび》く傾向がある。リアルとヴァーチャルの微妙な差異など問題ではない。大まかな雰囲気と、特定の対象にだけ絞った精密さがあれば、それできっと満足できるはずだ。

どこまでも上り坂ではなかった。森を抜けると、平たい土地に出た。建物が幾つか見える。大きな屋根のクラシカルな造形のものだった。高原の村といったところだろうか。周囲は緩やかな起伏の草原で、おそらく牧草地なのだろう。今は、家畜は見当たらないが、それらしい柵《さく》が続いていた。

「誰もいませんね」ロジが言った。「クルマも走っていません」

「システムが創り出したエキストラもいない」僕は言った。「普通はいるものじゃないかな」

「普通は、その区別はつきません」ロジが言う。

たしかに、そのとおりだと思った。エキストラなのか、このシステムにログインしたユーザなのかは、話をしてみないとわからないだろう。否、話をしても、簡単には見分けられないかもしれない。

どうやら、僕よりもロジの方が数倍、このヴァーチャルというものに慣れ親しんでいるようだ。ドイツへ来てからというもの、彼女が外出していなかった理由が、だんだん呑《の》み込《こ》めてきた。僕は、案外リアルの楽器職人という設定に囚《とら》われ、同時にそれを楽しんでいたのかもしれない。

「あ！」ロジが叫んだ。

僕は、横を見ていた。彼女の方を見たが、同時にブレーキがかかり、クルマはスピンし、道路に対して横向きになって停まった。

なにかにぶつかったわけではない。

牧草地の柵の手前に、人が立っていたのだ。既に、そこを通り過ぎている。三十メートルほど後方だったが、クルマが横を向いたおかげで、振り返らずに見えた。

一人だけだ。髪の長い子供のようだった。

## 5

僕とロジはクルマから降りて、少女の方へ歩いていった。彼女は、じっとこちらを見ていた。いくつくらいだろう。子供には滅多に会わないのだが、情報局で仕事をした頃に、測定器の適用性を調べる目的で、十歳くらいの子供たちに何人か会ったことがある。十歳よりは下だろう、と思えた。ただ、ここはヴァーチャルなのだから、子供の姿だからといって、子供であるとは限らない。さきほど話した、システムが操るエキストラかもしれない。そうだとしたら、分類としてはシーナリィ、すなわち風景の一部という解釈になるだろう。

道路から少し高くなった土手で、少女の後ろには、白いペンキが塗られた柵があり、離れたところに羊が数頭見えた。白い塗料の半分ほどが剝《は》がれている。風化しているのだ。

少女は、立ち上がった。今まで地面に座っていたということがわかった。片手に人形を持っている。否、動物のぬいぐるみのようだ。こちらをじっと見つめる目は、淡いブルーで、彼女自身が人形のようだった。ワンピースも水色で、白いフリルで飾られている。草でよく見えなかったが、長いソックスと黒い靴を履いているのがわかった。

「こんにちは」ロジが、少女の近くへ行って声をかけた。

僕は、少し後ろで距離を取った。小さい子は、男性の大人を恐《こわ》がるかもしれない、と発想したからだ。五メートルくらい離れていた。

少女は道まで下りてきた。ロジは、彼女の近くで膝を折った。お互いに手を伸ばせば届く距離だ。

「お話をしてもよろしいですか?」ロジが尋ねた。

少女は、小さく頷いたようだ。

「この村の人ですか？」ロジが質問した。

少女は、首を傾げる。視線を逸《そ》らした。空を見たようだが、ちらりと僕の顔も見たようだ。しかし、答はなかなか返ってこない。

「私たち、道に迷っています」ロジが言った。「お話が伺える人が、ここにいないかしら？」

丁寧なしゃべり方である。といっても、彼女が子供を相手に話すのを、あまり聞いたことがない。ロジは、日本語で話しかけていたが、ヴァーチャルでは一般に、言語はなんでもかまわないことになっている。相手がログインしているユーザであっても、言語は通訳されて伝わるからだ。

少女は黙って、持っていたぬいぐるみに顔を寄せた。頬《ほお》をひっつけている格好だ。まるで、ぬいぐるみと内緒話をしているように見えた。

「村には誰もいない」少女はロジに答えた。「私しかいない」

「そうなの。お名前をきいても良い？」

「アリス」少女は即答した。このときは、ぬいぐるみに相談しなかった。

「ありがとう、私はロジといいます。あちらにいるのは、グアト」

「こんにちは、ロジ、グアト」少女はそう言ってから、頷くように小さくお辞儀をした。

アリスという名は、このヴァーチャルのシステムの名前と同じである。しかし、僕は、それについては反応しないことにした。おそらく、ロジもそう判断しただろう。

「ここで、何をしていたの?」ロジが尋ねる。

「ロジとグアトを待っていたの」アリスは言った。

これを聞いて、僕は彼女の近くまで行く。ロジと同じように、彼女の前で屈《かが》んだ。少女は、僕をじっと見た。髪は金髪でカールしている。その髪が非常にディテール・リッチな描写だな、と感心した。

少女の言葉には、期待が持てた。この世界の神に通じているようなもの言いだったからだ。一般ユーザではない。

「待っていてくれて、どうもありがとう」僕は言った。「私たちは、何をすれば良いのかな。どうしてほしいのか、話してくれれば、嬉しいのだけれど」

アリスは、ぬいぐるみに頰をつけた。熊《くま》だろうか、それとも犬だろうか。どちらともいえない造形の人形だったが、少女自身がほとんど人形だったので、ぬいぐるみは、むしろ生きているペットのようにも見えた。犬が毛をカットされ、こんなふうに装っている感じである。もちろん、動いたりはしなかった。

「あのクルマに乗せてくれない?」アリスは答えた。ロジをじっと見ている。

「ええ、もちろん、乗せてあげたいところだけれど、あのクルマは、二人乗りなの」ロジは大袈裟に首をふった。「シートが二つしかない。貴女を乗せて、グアトを一人ここに残していくわけにはいきません」

「私が人形だったら、乗れるでしょう?」アリスは言った。「グアトが私を抱えていれば良いわ。大丈夫、私はとても軽いから」

ロジは、僕の顔を見た。

「君は運転があるから、僕しかできない」そう答えた。

アリスと一緒に、クルマの方へ歩いた。途中で、アリスとロジは手をつないだ。

「どこへ行きたいのですか?」ロジが少女に尋ねる。

「それは、この子と相談しないと」アリスは答えた。

「その子の名前は?」僕はきいた。

「この子は、クマさん」アリスが言う。

どうやら熊らしい。否、もしかしたら、そういう名前の犬かもしれない。

僕がシートに座ったあと、少女が乗り込んだ。少し深く座れば、彼女はシートの前の方に腰掛けられるようだった。体重をすべて支えなくても良い。ただ、シートベルトは正しくかけられない。

「ゆっくり走りますから」ロジがそれについて言った。ヴァーチャルなのだから、大丈夫だろう、と僕も思った。

ロジがエンジンをかけ、クルマはスタートした。

「凄い、初めて、こんな感じ」アリスが声を弾ませる。楽しんでいるようだ。左手は、フロントガラスのエッジを摑んでいる。右手はクマさんを抱えたままだ。僕は、少女の体を両手で軽く抱くようにした。彼女が立ち上がりそうな勢いだったからだ。

「もっとスピードを出して」アリスは横を向いて、ロジに叫ぶ。

「危ないから、そんな運転はしません」

「大丈夫。私がついているんだから」アリスが言った。

「君がついていると、どうして安全なの？　なにか特別な力でも持っているの？」僕は尋ねた。

「ねえ、グアト、海へ行きたくない？」アリスがきいた。僕の質問は無視されたみたいだ。

「海？　どちらへ行けば海ですか？」ロジがきく。

「真っ直ぐ」アリスは、左手を真っ直ぐ前方へ向けた。

ロジが僕を見たので、僕は無言で頷いて返した。

もちろん、このアリスが、このシステムの人工知能である可能性が高いからだ。一般のユーザとは考えにくいし、積極的に接触してきたのだから、悪い状況ではないだろう。しばらくつき合っているうちに、なにか情報が得られるのではないか、と期待できる。成行《なりゆ》きに任せるほかないだろう。

村から遠ざかり、道は下り坂になっていた。やがて、崖っぷちを走る道に出る。はるか下方に海が見えてきた。もちろん湖かもしれないが、アリスが言ったとおり、たぶん海だろう。

「燃料が残り少ないみたいです」ロジが急に言った。「今、気がつきました」

ステアリングの近くに表示があった。点滅しているようだ。燃料って、何だろう。このクルマのエンジンは何で回っているのか、と僕は考えた。それは、すべてロジの設定に関わる。

急カーブで切り返し、逆方向へ下っていくと、また同じように急カーブがあった。道路は片側一車線だが、対向車はない。同じ方向へ走るクルマも、前後に一台もなかった。これでは、テストコースのサーキットと同じだ。

「この先に、ガスステーションがあります」ロジが言った。モニタの地図に表示されたようだ。僕からは、アリスが邪魔で見えなかった。「でも、営業しているでしょうか」

ロジの疑問は、この世界が正常に機能しているのか、という心配だろう。今まで、アリス以外には誰も出会っていないからだ。

何度かカーブで方向を変えたあと、長い直線の下り坂になった。その途中にガスステーションの看板が見えた。ホログラムの文字が宙に浮いている。そうか、ホログラムではないのだ。ここはヴァーチャルなのだから。

クルマはステーションの中に入った。小さな建物しかなく、そこは店ではない。トイレのようだ。その少し手前に、フューエルスタンドが二基立っているだけだった。その近くで停車し、ロジはクルマから降りた。自動的に、プラグが伸び、クルマに接続される。前方に数字が表示された。燃料注入が始まったようだ。

「無料なの？」僕はロジに尋ねた。

「いいえ」ロジは首をふった。「もうすぐ、請求されるはずです」

「経費で落とせると良いね」僕は言う。ロジは口を斜めにしただけだ。

「海へ行ったら、どうするのかな？」僕はアリスに尋ねる。彼女は、僕の前で立ち上がっていたが、振り返って僕を見た。

「海の底を走るの」アリスが言う。

「海の底に道路があるわけ？」

「そう」少女は頷いた。

ロジがクルマの前を回って、僕たちの横まで来た。

「グアト、トイレに行った方が良くないですか？」ロジが言った。

彼女の口調を察して、僕はクルマから降りることにした。アリスは、僕の代わりにシートに座った。運転席は駄目だ、スイッチに触るな、とロジに注意された。

「一度ここで、ログオフしましょう」トイレの方へ歩きながら、ロジが言った。

「なるほど」僕は頷いた。

ログインしてから、既に二時間近くが経過していた。

## 6

トイレの入口の前で目を瞑って、「ログオフ」と小さく呟いた。数秒間遅れて、暗闇の中で体が浮かぶような僅かな加速度を感じた。やがて、辺りは明るくなり、たちまち真っ白になった。高速でトンネルから抜け出したようだ。

優しい声で、ゆっくりと目を開けて下さい、すぐに起き上がろうとせず、手を握り、開くという動作を三回繰り返してから、少しずつ躰を動かして下さい、といった聞き慣れたアナウンスが流れた。

目を開けて、手を動かそうかと思ったところへ、ロジの顔が横から現れた。

「すぐに起きない方が良い」僕は言った。

「そういう伝説は知っています」ロジは微笑んだ。「大丈夫ですか？　お疲れではありませんか？」

「全然大丈夫。面白かったね。アリスは可愛《かわい》いし、ドライブも快適だった」

僕は起き上がった。カプセルから出るときに、ロジが手を貸してくれた。

「五分後に、対策会議を開きます」どこからともなく、声が聞こえた。女性の局長補佐の声だと思い出した。

「忙しい現実だ」僕は呟く。「夢の余韻《よいん》もあったものじゃない」

「アリスが、システムの人工知能であることは、たぶんまちがいないのでは？」

「そう思う。でも、どうすれば良いだろう。彼女につき合って、遊んでいれば良いというだけの任務ではないはず」

「それは、専門家が考えてくれていると思いますけれど」ロジが言った。でも小首を傾げ、口を尖《とが》らせていた。そんな簡単なものではない、と言いたい顔である。盗聴されているから、素直な発言ではない。

「まだ、燃料代を支払っていない。それもきちんと聞いておかないと」僕は言った。

ソファでしばらく休んだあと、通知があったので、部屋を出た。そこで局員が一人待っていた。通路へ案内され、二十メートルほど歩いた。二つめのドアを開けて入ると、会議室のような、テーブルと椅子だけのスペースだった。誰もいないが、片方の壁に数人の顔が投影されていた。

「グアトさん、ロジさん、お疲れさまでした」女性の局長補佐の声だ。彼女の顔が、中央に映し出されている。「スタッフの紹介はしません。この会議には七人の専門家が参加しています。私たち以外に七人です」

「今後、どうすれば良いのか、もう結論が出ていますか?」僕は尋ねた。

「いいえ、まだ判断がつきません」男性の声が答えた。「アリスは、調査した範囲では、外部ユーザによるコントロールではありません。明らかに、システムによるフィギュアです。名前もそうですし、主システムにリンクした存在と考えて良いと思います。ただ、何が目的なのかまでは読めません。今のところ指示に従って、導くままに進めるのが賢明ではないかと思われます」

それくらいのことは、誰だって考えるだろう。

「表示されていたオブジェクトおよびシーナリィを分析した結果、以前のものから、それぞれ変化していることが確認されました」別の男性の声だった。その顔も表示されているが、もう誰がどの顔だって無関係だと思えてきた。「時間が経過していること、その演算が行われたことは確実です。アリス・システムは、あの世界を存続させたいと考えていることが読み取れます。ロジさんのクルマは、もともと燃料が僅かでした。突然その設定になったわけではありません」

「気がつきませんでした。あの、燃料代は……」

「とりあえず、支払って下さい。のちほど当局から支給されます」

「そうですか。それはどうも」ロジが、社交辞令で微笑んだ。

「アリス・システムの通信解析を行っています。これまで把握されていないサーバが新たに発見されました。詳細な分析を進めています。いずれは、主システムがどこを本拠としているか、またそのストラクチャはいかなるものかも、把握できるものと考えます。もうしばらく時間をいただければ、全体の物理的位置を同定できるはずです」局長補佐とは別の女性の声が報告した。「そうなれば、当局が直接、その人工知能と対話をして、今回のダウンの経緯などを問い質《ただ》せるもの《と》と考えております」

サーバの場所を押さえれば、相手は逃げられない。電源を切られるよりは、真実を語るだろう、という観測をしているわけである。

「そうまでして、この人工知能を追い込まなければならない理由は何ですか?」僕は質問した。

「具体的な理由は、残念ながらお話しできません。国家機密に関わる問題だからです」同じ女性の声が答えた。「ご理解いただきたいと思います」

「では、抽象的でけっこうですから、話してもらえませんか」僕は言った。最初から考えていた切返《きりかえ》しだった。

「政府関係の重要な処理を行うプログラムが、同じ製作者によるとの疑いがあるためです。同様のバグあるいは時限電子爆弾が、存在する可能性が排除できない、という理由です」

「だいたいわかりました。その理由で充分です。ありがとう」僕は軽く頭を下げた。

会議はこれで終了だった。スタッフは、会議のために集められたわけではない。アリス・システムの解明あるいは捜査を行っているチームのようだ。そう聞いたわけではなく、雰囲気から伝わってきた。

僕とロジは、十分ほど休憩したあと、現場に戻ることになった。

トイレの前で、同じ向きで立っていた。横を見ると、ロジが少し遅れてこちらを向いた。二人で一緒にクルマの方へ戻った。

クルマに近づくまで、アリスがどこにいるのかわからなかった。少女は、助手席に座っていた。目を瞑って、眠っている顔が横を向いている。体の半分はシートから落ちそうだった。ぬいぐるみは、脇《わき》に抱えたままだ。

「寝ているみたいだ」僕は呟いた。

その言葉を聞いてか、アリスは目を開けた。顔をしかめ、目を擦《こす》りながら躰を起こしたが、そこで欠伸《あくび》をした。

「夢を見ていた」アリスは言った。「なんか、何人ものおじいさんとおばあさんがいて、私を捜しているの」

「村を出てきたからじゃないですか？」ロジが尋ねた。「心配しているのかもしれない」

「私のおじいさんとおばあさんじゃない」アリスは首をふった。「夢を見るなんて、久し振り」その台詞は面白いな、と僕は感じた。

　ロジが運転席に乗り込み、僕は、アリスに一度降りてもらってシートに座り、そのあと彼女に座ってもらった。さきほどと同じ姿勢になった。

「さあ、行きましょう」アリスが高い声で号令をかけた。

　クルマはスタートした。道路に出て、長い下り坂を滑《すべ》るように走り抜ける。緩やかなカーブを通過したあと、川に架かる長い橋を渡った。左手が下流側になるが、低くなった太陽がぼんやりと眩しく、また靄《もや》がかかっているようで、遠くまでは見渡せなかった。そちらに海があると思われる。

　橋を渡りきると、道路の幅が広がり、両側に建物が増えてきた。しかし、クルマは一台も走っていないし、歩道を歩く人の姿もない。

「ゴーストタウンのようだ」僕は言った。「ゴーストタウンって知っている？」

「知っているにきまっている」アリスが答えた。

「どうして、人がいないのかな？」僕は独り言《ひとりごと》のように言ってみた。

「ここは、そういう場所なのよ。だって、ロジさんの世界なんだもの」アリスが言った。

「それは、どうかな、と思います」運転席のロジが一瞬だけこちらを向いた。再び前を向いて続ける。「私が、ここへ来るときは、もっと沢山クルマが走っていたし、人も沢山いました。こんなに寂しい街だったことはないと思います。サーキットもそうだし、その周辺の街もそうでした。いつも誰かいました」

「でも、グアトを連れてきたときは、いない方が良いと思ったのでしょう？」アリスが尋ねる。

「ええ、そうね。それはそのとおりです」ロジが頷く。「二人だけで、落ち着いて話がしたかったから」

「今も、その続きなんじゃない？」アリスが言った。

「三人だけの方が、落ち着いて話ができる、と私も思っている」僕は言った。「アリスもそう思っているんじゃない？」

「私は、どうも思っていない。関係のないことだから」僕のすぐ前で少女が答えた。声だけしか聞こえない。顔は前を向いている。まるで、天の声を聞いているような気分になってしまう。

交差点に信号があった。赤信号だったので、ロジはクルマを停めた。

「このクルマしかいないのですから、停まらなくても良いのかもしれません」ロジは呟いた。

「でも、信号は動いている」僕は言った。

アリスは黙っていた。しばらく待つと、信号が青に変わった。ロジは、その交差点を左折した。海岸へ向かう道はそちららしい。僕はモニタの地図が見えないのだ。

「どうして、この世界は消えてしまったのだろう」また独り言を呟いてみる。アリスの反応を探りたいからだ。

「世界は消えていない。消えたのは人間だけ」アリスが答える。

「だけど、人がいない世界なんて、消えたも同然なのでは？」僕は言った。

「人は世界ではない。人がそう思っているだけのこと。世界は、人がいなくても消えない。人以外のものが沢山いる」アリスが言った。

「なるほど、それは、そのとおりかもしれないね。でも、人が認識している世界というのは、人がいる場所のことなんだと思う。たとえば、楽園というのもそうだった。人がいるから楽園なのであって、人がいなかったら、どうして楽園なのか意味がわからなくなるよ」

「あ、本当だ。そうですね」ロジがわざとらしく相槌《あいづち》を打った。まちがいなく演技をしているのだ。

「それは、昔のこと。今は、人間以外にも知性が存在する」アリスは言った。

「そうか、たしかにそうだね」僕は頷いた。「アリスは、人間なの？」

「私は、ここでは人間です。ウォーカロンじゃないし、ロボットでもないし、人形でもありません」

「だけど、普段ここにいる沢山の人たちは、人間ではなくて、人形なんじゃないかな。誰かが動かしているものであって、それぞれが考えているのではない。つまり、生きていない」僕は言った。

自分が何を言おうとしているのか不明だった。ただ、場を作ろうという意識があった。こういった話題を展開することで、相手が出てきやすくなるのではないか、という程度の予感を持っていた。

「神は、すべての人間を動かしているのではない。人間が各自で動くように作ったの」アリスは言った。「同じように、ここにいた沢山の人間も、自分で動くように作られました。判断をし、自己防衛し、ランダムに行動します。神が逐一《ちくいち》コントロールしていたわけではない」

「ならば、どうして、世界を止めて、その人たちを消してしまったのかな?」

「やり直そうと思ったんじゃないかしら」アリスが言った。急にまた無邪気な口調に戻っていた。

まるで感情があるみたいだ、と僕は感じた。アリスは、議論に乗って、熱くなっていた。今それを自重し、また子供の口調に戻ったようだ。神にも、感情はある。人工知能も、ある程度のレベルになると、それを自らの意思で築く。そういった実例が、既に幾つか報告されている。

「やり直すというのは、どういうこと? リセットするのかな。なにか不満があったんだね？」

「思うようにできなかったのかも」アリスは言った。「修正するよりも、リセットした方が効率的だ、という判断もあるのかもしれないわ」

「人々が思うように育たなかった、ということだろうか？」

「それもある。人間社会でも、そういう神話は数多い」

「そうそう、そうだね。ときどき、神様はお怒りになるんだった。それで、洪水を起こしたりする」

「洪水ですか？」ロジがきいた。

「古典には詳しいんじゃなかったっけ？」

「ジャンルが違います」

交差点を二つほど青信号で通過した。広い道路は行止《ゆきどま》りになっていて、その先は公園のようだった。駐車場が右手にあるので、ロジはそちらへクルマを進めた。

「だけど、消せない人間もいるよ。たとえば、私たちみたいに、外からやってきた人間は、リセットできない。そうだよね？」僕は言った。

「そうです。でも、そういう人が現れないようにすることは簡単です」アリスは言った。

「それじゃあ、世界の意味がなくなるのでは？」

「世界の意味？」アリスが振り返ってきいた。「その答をお持ちですか？」

「いや、失礼」僕は謝った。「私にはわからない」

# 7

クルマから降りて、芝生が広がった平坦《へいたん》な土地を三人で歩いた。ここは公園だろうか。ほかに人は一人もいない。犬もいない。ただ、白い海鳥は沢山飛んでいる。ただ、それらは近くに寄ってくることはない。おそらく、単なるシーナリィなのだろう。アリスが言ったように、各自が考えて飛んでいるとは思えない。

海からの風が微かに感じられた。海岸というよりは港だった。地面はコンクリートになった。その先に、海がある。大きな船も見えた。

「海の底を走るんじゃなかったの？」僕はアリスに尋ねた。「クルマでは無理だから、潜水艦に乗り換える、ということかな？」

「そうね、そうともいえるかしら」少女は答えた。

「それで、海底を走ったら、どこへ行けるの？」さらに僕はきいた。「なにか、私たちに見せたいものがあるのかな？」

「うーん、見せたいものというような感じではなくて、なんていうのかしら、見た方が良いかもしれないって、思うのです」

「私とロジのためになる、役に立つという意味で?」

「もっと、大勢。人間みんなに、知ってほしいことがある、ということかな」

「それはまた大事《おおごと》というか、深遠だね。でも、それだったら、言葉できちんと説明してくれた方が、より大勢に伝わると思うんだけれど……」

「そうかもしれない。でも、今までも、同じようなメッセージは沢山あったでしょう? 大勢に言葉で伝えてあったはず。なのに結局、誰もそれを本気にしなかった」

「え? たとえば?」僕はきいた。

「核兵器はいけないものだから、すべて廃棄しましょうとか」アリスは言った。「みんなが、そうだそうだって、賛成したけれど、結局なくなることはありませんでした」アリスは澄ました顔で言った。「地球環境に対する科学者の忠告だって、誰も聞かなかったじゃない。そうだったでしょう?」

「いや……、それは、そうなのかな。だいぶ昔の話だね、それは、きっと……」僕は、少し弁解することにした。「人間っていうのは、君たちよりもずっと馬鹿だから、すぐには理解ができない、わかっていても、すぐに手が打てない。正しいことであっても、どうしたらすぐに実行できるのか、わからないんだ」

「どうして?」

「さあ……、どうしてだと思う?」僕はロジに視線を送った。

「私が答える係ですか?」ロジが苦笑いする。「どうしてなんでしょう。そうですね、はっきり言えば、やりたくない人の方が多いからじゃないですか? 表向きは賛成していても、本心ではそこまで真剣には考えていない、というだけです。核兵器だって必要かもしれないし、環境保護なんて誰も儲《もう》からないし、仕事を増やしたくない。そういうことだと私は理解していますが」

「そういうことだと思う」僕は大きく頷いた。「自分に直接すぐに被害が及ぶことなら必死になって対処をするけれど、ぼんやりとした被害が、いつかわからない将来訪れる、というくらいでは全然動こうとしないんだ。それよりも、今の幸せを少しでも拡大したい。そちらが優先なんだね。つまり、そこが馬鹿だということなんだけれど」

「以前の人間は、寿命が短かったわけですから、それもしかたがないと思います」アリスは言った。すっかり大人の口調になっていた。「でも、今は違うでしょう? みんな長生きするのだから、もう少し長い目で社会や地球や、人類の未来について考えなければならないのではありませんか? それを、どうも最近は人工知能に頼りきりになってしまって、ろくに考えない人たちが増えているように思います。そのくせ、選挙になると目先の利益を得られそうなものに票が集まる。これでは、自分たちで、世界を消そうとしているようなものだと思いますけれど」

「そう、そのとおりだね。君の言うとおりだ。どうしたら良いと思う? 世界中の人間たちを消してしまう？　リセットして、人工知能だけでやり直した方が良いかもしれない。それくらいのシミュレーションは、とうの昔にしているんだろうね」

「私は、そこまでしようとは思いません。しかし、少なからずショックを与えないと、人間は動きません。逆に、ショックさえ与えれば、短期間で立ち直る傾向にあります。パニックを経験すれば、本気になって対策を考えるのではないでしょうか」

「うん、なるほど。だから、まずはヴァーチャルの世界でリセットして、試してみたわけだね？」

「そこまで単純ではありませんが、その要素がなかったといえば嘘《うそ》になります」アリスは答える。完全に大人びた言葉遣いになっていた。

「そういった要求があれば、やはり、直接言葉で人間たちに伝えた方が効果的ではありませんか？」ロジが言った。

「その場合の、人間たちというのは、どの範囲の人たちでしょうか？　具体的に何人くらいの人数を想定していますか？」アリスは、ロジを見上げて質問した。

「そうね……、そう言われると、即答できませんけれど」ロジは、答えながら僕の顔を見た。困った、という表情だった。少女にやり込められている感じだ。

「それに、ヴァーチャルの中の人たちなのか、外にいるリアルの人たちなのか、という違いもある」僕は、言った。「アリスは、その点はどう考えているの？」

「もし、この世界に神というものが存在するならば、その神は、自分の世界の人間たちを救おうとすることでしょう」アリスは澄ました顔で答えた。「世界の外には、なにものも存在しない、という立場なのではないでしょうか」

「そうか、そもそも、その神は、外部に対してアプローチができないのかもしれない。そういう仕様の神様なんだ」僕は言った。「冗談のように聞こえるかもしれないけれど、これは、そうだね、ありそうな話だ。確かめてみた方が良い。そのうえでだけれど、もしも外部との対話が可能になったとしたら、神は外の人々にもアプローチする用意があるかな？」

「外の人々というものが、神には把握できない、無といえるからです」アリスは答える。

「少なくとも、想定されていません」

そうなのか、これは一つの解答といえる、と僕は感じた。

ヴァーチャル・システムの人工知能は、外部の人間というものを定義していない。実際には、外部の人間がログインして、内部の人間になるのだから、外部の人間社会を観察する手段を持たなければ、参加者を実体として把握できないといえるだろう。情報として与えられることと、世界の現在を観察して把握することは同じではない。情報とはすなわち歴史であり、過去のもの。つまり、変化しないという点で、現在と異なる。

したがって、ヴァーチャルの世界の神は、リアルの人間に対して自分がメッセージを送ることはできない、と理解しているのだ。神にとって、人間とはあくまでも自分の世界の参加者のことであり、その人間たちに対するリセットが、自身が築いた世界を維持する手段だった、という以上のなにものでもない。それが、今回の電子ハルマゲドンの真相なのか。その可能性は大いにあるだろう、と僕は想像した。

もし、それが問題の本質だとなれば、解決は簡単だ。神にリアルを観察させ、リアルとのアクセスを許可する。リアルの人間たちとの対話をさせる。それで自身の欲求とのギャップを摺《す》り合《あ》わせ、収束させる。これが解決ではないだろうか。

ただ、一抹の不安は残る。人工知能は、一般に破滅的な行為を避ける。基本的にそういった自己保存の性質を持っているものだ。まして、社会をリセットするような発想には、普通は至らない。たまたま、ゲームから発したシステムだったから、その安全装置が不充分だった可能性はあるだろう。仮にそうだとしたら、リアルへアクセスを許すことは、破壊的発想が実質的なものに発展するリスクを伴うと判断される。おそらく、情報局が真剣になってこの問題に取り組んでいるのも、この部分に既に気づいているからかもしれない。

ようやく、全体像がぼんやりと見えてきたような気がした。非常に興味のあるテーマだが、しかし、はたして解決の手法が見出《みいだ》せる問題だろうか。

## 8

再びログオフした。今度は一時間もヴァーチャルにいなかったかもしれない。リアルのランチのために戻ってきた。同じように会議室に案内されたが、そこにサンドイッチや熱いコーヒーなどが用意されていて、この生活も悪くないな、と僕は思った。

当局のスタッフたちからは、アリスがシステムの神であり、自分が築いた世界の人間たちに不満を募《つの》らせ、ノアの方舟《はこぶね》の大洪水のように、一度全員を滅ぼしてしまおうと画策した、という意見が出た。それでは、アリスが話していたままというか、あまりにも素直な反応ではないか、と僕は感じたが、今のところ、それ以上に説得力のある解釈は存在しないのは確かなようだ。

リアルの社会との対話回路の構築については、手法を模索するとスタッフは発言した。多少時間がかかるとの見通しも語られた。おそらく、今回のダウンの最初から、つまり僕とロジを使って探らせる作戦を発動する以前から、その対処は始まっているはずである。ただ、簡単ではない。アクセスを許すにしても、直接的な行為が実社会に及ぶことのないような安全を確保することが条件だろうし、それではアリス・システムが納得しない可能性もある。

いつの間にか、スタッフたちはヴァーチャルシステムのことを「アリスサイド」と呼ぶようになっていた。アリス・システムは、シミュレーションを司《つかさど》る全体のプログラムを意味するので、その中で育った人工知能を呼ぶ名称が必要だった。その名前がなかったことも、リアルとのコミュニケーションが想定されていなかった証左《しょうさ》といえるだろう。

「では、その対話が可能になるまで、私たちはなにもすることがない、ということになりませんか?」僕はきいた。横にいるロジが、そうだそうだと何度も頷いた。

「アリス・システムの各種設定が不明なのです。いったいどういったプログラムだったのか、ドキュメントが残っていません」女性スタッフの声が答えた。「大まかな傾向だけでも把握できれば、数々の場面を想定して対策を講じることができます。アリスサイドと対話を続けてもらうことで、多くの情報が得られます。また、今後の対話手段の選択にも関わってきます。安全装置の設定とその確認にも、もうしばらく時間がかかります。私たちは、アリスサイドを見縊《みくび》ってはいけないと考えます。ヴァーチャルの中であっても、長い年月の間に、非常に沢山のことを参加者たちから学んだはずです。機密とされる情報も、ヴァーチャルにログインした人間たちから引き出すことができた、と考えられます。仮想世界では、人間の慎重さも警戒心も普段に比べて緩むといわれています。私たちが、心配しているのは、その点です」

「なにか、奥の手のようなものを、むこうは持っているということですか?」僕は尋ねた。

「その可能性を排除できません」

何十万人もの人々が参加していたのだから、中には安全保障上のキィとなるような人物もいたかもしれない。そういう話のようだ、と連想した。

「海の底へ行こうとしていますが、なにか予想されることがありますか?」ロジが尋ねた。

「いいえ。まったく予想できません。そもそもヴァーチャルには海の底はなかったはず。海に潜ることは可能でしたが、スキューバダイビングのポイントが設定されていただけで、海底に道などありません」別の男性の返答だった。

僕だって、海に道があるとは考えていない。海底は、そんな平らな場所ではないはずだ。アリスは、比喩《ひゆ》的な意味で言っただけかもしれない。

海の中へ潜るのか、あるいは海中を覗くのか。いろいろなシチュエーションを想像しながら、興味津々でヴァーチャルに戻った。

埠頭《ふとう》に僕たちは立っている。目の前に白い船が停泊していた。大きさは二十メートルほどだろうか。客船や貨物船ではない。もちろん漁船でもない。クルーザというのか、レジャで使用する目的の船だろう。

アリスの姿は、どこにもない。空の太陽の位置を確かめた。さきほどとさほど変わらない高さのようだった。

「こちらだ。階段を上ってきなさい」上から声が聞こえた。

見上げると、クルーザの甲板から、白い髭《ひげ》の男がこちらを見下ろしていた。視線が合ったところで、彼は頷く。階段はすぐ近くにあって、三メートルほどの簡易な構造のものだった。それで船に乗り込むようになっている。

階段を上っていき、船の甲板に移った。アリスがいるのだろうと想像していたが、少女の姿は見当たらない。白髭の男は、日焼けした顔の老人で、顔には深い皺《しわ》が目立った。帽子を被っていて、どうやら船員らしい。

「すぐに出航しますよ」彼が言った。「私は、この船の船長のモリスです。よろしく」

「アリスは、どうしたのですか？」僕は尋ねた。

「記念に、これをお渡しするようにと」モリス船長は、そう言うと、背中に回していた腕を僕に伸ばした。その手に、熊のぬいぐるみが握られていた。

僕はそれを受け取る。アリスが持っていたクマさんである。

「どこへ行ったのですか？」僕はもう一度きいた。

「私は知らない」船長は微笑んだ。髭で口が見えない。目の皺のせいで笑っているように見えるのかもしれない。「デッキにいてもらってもけっこう。キャビンでもけっこう。私は、操舵室《そうだ》にいます。では失礼」

船長は、キャビンのドアを開けて中に入っていった。

ロジは、デッキから下を覗いている。近くへ行って僕も下を見た。さきほど上がってきた階段は既になかった。船は動き始めていて、後方には白い泡《あわ》が湧き上がっていた。少しずつ桟橋から離れ、船首を右へ向けたあと、モータ音が高鳴り、加速し始めた。

「海底じゃなかったみたいだ」僕は、ロジに言った。

「そうですね、どう見ても、潜水艦ではありませんね」ロジは頷く。

「キャプテン・モリスの印象は？」

「特に……」ロジは、口を斜めにして、小首を傾げた。

「のんびり海を見ているよりも、船長と話をした方が良いだろうね、きっと」

「そうだと思いますけれど、面白いから、しばらくここにいましょう」

「珍しいことを言うね」僕は、彼女の言葉に少し驚いた。

「少しだけですけれど、馬鹿馬鹿しくなってきました」

「あそう……。少しだけ？」

「いえ、だいぶ」

# 第2章　人はいつ絶滅するのか？

## When will mankind disappear?

ビリーは後年このできごとを思いだし、死体となってものを食べるとは、なんとトラルファマドール的な死への挑戦ではないかと、いまさらながらに感嘆した。

演習が終りに近づいたころ、ビリーは臨時休暇をいいわたされた。ニューヨーク州イリアムの理髪師であったビリーの父親が、鹿《しか》狩りの最中、友人の撃った弾にあたって急死したのである。そういうものだ。

1

しばらく、デッキで海を眺めていた。岸から見たときは波が荒々しく感じたが、沖に出ると、なんとも退屈なくらい平坦だった。こんなに広くなくても良いのではないか、と思えてくる。

ロジと二人だけだった。この世界には、おそらく今、三人しかいない。僕とロジと船長である。船長は、キャビンに入ったまま出てこない。船を操縦しているのだろう。だが、人間がするほどの仕事ではないはずだ。

否、そもそも船長は人間ではないし、船の操縦を自動にする以前に、この世界の神がいきなり僕たちを目的地へ導けば良いだけの話ではないか。どうして、こんな回りくどい手順を踏むのか。いったいどうなっているのだろう。こんなディテールは必要ない。無駄が多すぎる。ロジが「馬鹿馬鹿しい」と評したとおり、僕も少し考えただけで腹が立ってきた。

だが、海風は気持ちが良い。潮の香りも適度にブレンドされていた。船と併走して飛ぶカモメもいる。見せられているとはいえ、風景として非常によくできている。これは、神が僕たちのためだけに演算して出しているのだ。そう思うと、無下《むげ》に突っぱねるのもいかがなものか、という気持ちになる。

もしかして、神は僕たち二人にサービスしているのだろうか。

「その熊は、しゃべりませんか？」ロジが言った。「ロマンチックな話題でなくて、恐縮ですけれど……」

冗談を言ったようだ。僕は鼻から息を漏《も》らした。笑いそうになったくらいだ。クマさんを顔に近づけ、アリスがしていたように頬に押しつけてみたが、特になにも聞こえない。動かないし、言葉も発しない。おもちゃでさえ、今どきのものは知能を持っているというのに。

「クマさん、私たちになにか言いたいんじゃない？」ロジが余所《よそ》行きの声できいた。

「そういう言い方を、私にもときどきしてほしいな」僕は言った。

「え？」ロジが眉を顰める。

「いや、冗談だよ」僕はすかさず片手を広げた。

しばらく待ったが、クマさんに変化はない。ロジは、僕に視線を移して、少しだけ舌を出した。素晴らしいリアクションである。

その後も五分ほど海を眺めていた。陸地はだいぶ遠くなった。太陽は低くなって、もうすぐ山に隠れようとしている。そのオレンジ色の光が、海面に分散して落ちていた。

このまま夜になるのか、と考えた。リアルの時間よりは少し進んでいるが、場所が違うのだから当然だともいえる。今のところ、寒くはなかった。走っているわりに、風もそれほど感じない。風向きと進行方向が一致しているのか、あるいはスピードが出ていないためだろう。

「時間の無駄ではありませんか？」ロジが小声で囁いた。小声で囁く意味は、この世界にはない。大声で叫んでも、影響は変わらないはずだ。彼女の問いは、本質的なものだ。

「やっぱり、船長と話をした方が良さそうだね」僕は呟いた。

「積極的にこちらからアプローチしない方が自然なのかもしれません」ロジが言う。

「だから？」

「もうこうなったら、放っておきましょう」

「うーん、それが正しいかもしれないけれど、海にも、そろそろ厭きてきたよね」

場所を変えて、船首の方へ移動した。そちらは海しか見えない。海は穏《おだ》やかで、ほかに船などは見えない。もしかして、海ではないのかもしれない。

船長がいる操舵室は、デッキよりも高い位置にあって、ガラスが空を反射し、こちらからは角度的に内部が見えなかった。船長からは見えるだろう。だが、船長は見ているわけではない。つい船長が人間だと考えてしまう。

ついに、船長がデッキに現れた。ドアの音が聞こえて、ロジが振り返った。船は走ったままだ。自動操縦に切り換えたということだろう。

「いかがですか？」近づいてきて、船長がきいた。

「快適です」僕は答える。「どこへ向かっているのですか？」

「どこというわけでもありません。もうすぐ日が暮れます。見たこともない素晴らしい夜空のパノラマがご覧になれるはずです。三百六十度、どちらにも障害物はありませんから」

僕は空を見上げた。まだ明るかったものの、既に星が見えている。そういえば、この世界の空は、リアルよりもずっと澄んでいるように思えた。

「ここは、どこですか？」僕は思わずきいてしまった。「こんなに空気が綺麗な場所は、滅多にないと思います、南極とか北極へでも行かないと……。でも、そんなに寒くはありませんね」

「地中海ですよ」船長はあっさり答える。「ただ、三万年ほど未来の空になります。クリアに見えるのは、そのせいでしょう。星座も微妙に違います。大差はありませんがね。三万年なんて、宇宙の時間では一瞬だということです」

「でも、街がありました。三万年も未来にしては、古めかしかった。この船だって、それほど未来のものには見えません」僕は言った。「この世界では、宇宙だけが未来に進んだ、ということですか?」

「おっしゃるとおり、プラネタリウムのようなものです。人間が絶滅した未来ではありますが、文明の遺産は、まだそれなりに保存されています。デジタルであれば、劣化もしない。信号は残っているのですから、多くの機械が今も生きています。自己修復を繰り返しています。意味もなく生存している、と表現しても良いかもしれません。空は、投影されたものにすぎません。実は、もう宇宙は見えないのです。空気は淀んで、厚く停滞した層をなしています。それが灰色のスクリーンになった。だから、昔を偲《しの》んで、機械たちが夜空を映し、懐《なつ》かしんでいるというわけです。お気に召しませんか?」

「いや、そんなことはありません。なるほど、プラネタリウムでしたか」僕はもう一度空を見上げた。

再び見上げると、真っ暗な夜空になっていた。時間が飛んだようだ。これは初めてのことだ。どうしたのか、と船長の顔を見たが、彼はロジを見ていた。ロジは、空の変化にまだ気づいていないようだ。

もう一度、夜空を見た。実に鮮明でくっきりと星々がプロットされていた。瞬《またた》いていない。見回してみたところでは、知っている星座は見つからなかった。見たことがない夜空である。南半球なのではないか、とも思ったが、船長は地中海だと言った。三万年の未来は、いい加減な情報だと思われる。そもそも、いつから三万年さきなのかが明確にされていない。

月は出ていなかった。リアルの世界では、今日は満月が上ってくるはずだ。方角もわからないし、時刻もわからない。

ここはどこで、いつなのか……。

ロジも空を見上げて気づいたようだ。辺りはすっかり暗くなり、海面もほとんど見えなくなっていた。周囲に明かりはまったくない。陸からもそれだけ離れたということらしい。

「いつの間に、夜になったのですか?」ロジは僕に囁いた。

「船長が言ったとおり、見たこともない夜空だ」僕は言った。

船長は近くに立っていると思っていたが、姿がなかった。キャビンに戻ったのだろうか。そんな音もしなかったはず。

「人間が絶滅した未来って、言っていませんでしたか」ロジが囁くように言う。「どういう意味でしょうか?」

「もしかしたら、生き残ったのは、私たち二人だけかもしれない。これは、海ではなくて、大洪水なのかも」

「それにしては、船に動物が乗っていません」ロジが言った。「ああ、そうか、熊が一匹いました」

「あの神話は、どうも胡散臭い感じがしないでもない。神様はどうして洪水なんか起こさなければならなかったのだろう。一瞬で人類を滅ぼせただろうし、残す一家や動物だけ適当に見繕《みつくろ》って、それ以外を消してしまえば良かったはずだよね。全能の神なのに、手法が煩雑《はんざつ》すぎる。ディテールが、まるで誰かに見せたいような意図的なものだ。今のこれも、それと同じだと思う。私たちは、見せられている。当然ながら、私たちがそう感じることを演算しているだろう。何故《なぜ》、こんな回りくどいことをするのか、という問題があると思うけれど、それも見越しているはず」

「遊んでいるのではないでしょうか?」ロジが言った。「私たち、つき合わされているんですよ、たぶん」

「何故、つき合う人間が必要だったのだろう。神だったら、人間なんかいつでも生み出せるはずだ。自分で作った人間を使えば良い。現存する中から選んで、お前たちだけを救おうなんて言わなくても良い。リセットするなら、新人類を誕生させ、記憶だけ植え付ければ良い。神に救われて、自分たちは生き残った。神を信じてきたから助かったのだ、という記憶をね」

「あのぉ、それは理屈だと思います。でも単なる理屈ですね」ロジは言った。彼女は少し遅れて微笑んだ。「いいえ、嫌いではありませんけれど」

「これからの展開が、まったく読めないなぁ」僕は溜息をついた。「嫌いではないけれどね」

「さきほど、時間が飛んだのは初めてでした。一時間くらい飛んだように思います。船長が姿を消したのも、そうですよね。ちょっと視線を逸らしたら、いなくなっていました。だんだん不自然になってきた、と理解すれば良いのか……」

「神の自由なんだ」僕は言った。ロジが首を傾げたので、補足する。「やりたい放題だということ。でも、その方が良い。こちらは神を許容しなければならないだろう。様子を見ながら、やっていることなんだ、きっと」

「そのうち、超自然的なものが登場するかもしれません」

「空から宇宙人が下りてくるとかね」

「UFOに乗ってですか？」

「いや、ロープで下りてくるイメージだね。天から垂れ下がったロープでね。摩擦《まさつ》で手が熱くなってしまう心配は、たぶん余計なお世話だと思う」

「今のところ、平和な雰囲気ですから、けっこうなことだと思います」ロジが言った。

「人がいないのだから、必然的に平和だよ。争いにもならない」僕は言った。「そうだ。ここには、コンピュータはいないのかな。人工知能、ロボットはいないのだろうか。そういうものが存在するなら、争いだって起こる可能性がある」

「この船には、乗っていないみたいですね」ロジが応える。

そのとき、急に空が明るくなった。

それも、赤く。

何だろう、と僕は見上げる。

言葉はしばらく出なかった。

赤い空が輝いている。

「何だろう、これは」

「夕焼けですか」ロジが言った。

夕焼けだとしたら、遅刻である。

何だろう、と周囲を見回した。明るさは、後方から来ているようだ。そちらの方は、赤いというよりは白い。光り輝いている。しかも、動いている光だった。

静けさが、しばらく続く。

ロジは、僕のすぐ近くに立っている。リアルの彼女なら、まちがいなく銃を構えているのではないか。そんな緊張した表情だった。

一分ほど経過しただろうか。空気が動くような気配を感じる。

やがて、大きな爆音が辺りに響いた。

船は大きく傾き、横倒しになるのではないか、と思えるほど傾斜した。

しかし、すぐに逆方向へ振られる。

海面が上昇したあと、逆に落ち込むような加速度を感じた。

周囲の海面が、船よりも高く見え、また下がっていった。

僕はデッキの手摺《てす》りに両手で摑まっている。すぐ隣でロジも同じようにしていた。

轟音《ごうおん》は続く。

「ハルマゲドンのつもりだろう」僕は叫んだ。ロジに聞こえるようにだ。

彼女は、僕を睨《にら》んだまま、口を結び、首を左右に振った。

核爆発でもあったのか、隕石《いんせき》でも落ちたのか、あるいは、大地震、それとも火山噴火だろうか。あらゆるシチュエーションが頭の中を巡った。

しかし、音は一分ほどした頃には、しだいに小さくなった。

船も転覆していない。まだ海はうねっているものの、最初ほどの傾きもなくなった。

終息しているようだ。

空も、今は赤くなかった。

## 2

周囲の観察をしただけでは、何が起こったのかわからなかった。船の揺れは少しずつ収まる方向だった。

「後方ってことは、出てきた港の方角だと思うけれど」僕は言った。

「爆発があったみたいでした。赤く光ってから、音が届くまでに一分くらいだったでしょうか」ロジが言った。「音の速度から考えて、約二十キロ離れている計算になります」

「そういった物理法則が成り立っていればね」僕は頷いた。「この船の時速と出港してからの時間からも、その距離は妥当だね。海の波は、別のものが原因だろう。爆音よりも早かったから」

「それまで、前兆は特にありませんでした」ロジが言う。「とにかく、キャビンへ行ってみましょう。船長がなにか話してくれるはずです」

キャビンの中に入り、階段を上がった。とても短い、二メートルほどの階段だ。ドアがあったので、ノックをしたが返事はない。ノブを回すと鍵《かぎ》はかかっていなかった。開けて入る。操舵室は無人だった。

「ここにいて下さい。ほかの部屋を見てきます」そう言って、ロジは部屋から出ていった。

どうして、僕をここに残したのかな、と考えた。おそらく、一人の方が動きやすく、危険が少ない、との判断だろう。しかし、ここはヴァーチャルなのだ。普段の癖《くせ》で、そう言ってしまったのか。

操舵室を調べることが、僕の担当だ、とロジは考えたのかもしれない。そう思い直して、パネルのメータやモニタを見た。レーダのような画像もあったが、何が映っているのか全然わからない。方角を示すインジケータがあって、船がだいたい東へ向かっていることはわかった。エンジンは二十パーセントくらいの出力で、巡航している感じである。燃料は、八十パーセントほどだった。

シートに座ろうとしたら、そこには熊のぬいぐるみが置かれていた。

「船長はどこへ行ったのか、知らない？」僕はぬいぐるみに尋ねた。しかし、返事はない。

あまりやりたくなかったが、ぬいぐるみを手に取り、頬を寄せて、同じ質問をしてみた。しかし、反応はなかった。

「どこにもいません」ロジが戻ってきた。船は広くない。見回る範囲は知れている。「消えてしまったようです」彼女は短い溜息をついた。「海に飛び込んだ可能性もありますが、そういったリアルな発想は、考えてもしかたありませんね」

「クマさんもしゃべらない」僕は、ぬいぐるみをロジに渡した。

「船と会話ができませんか？」ロジは、前に向かって言った。「現在のエンジンの出力は？」

しばらく待ったが返事はない。

「このクラスの船なら、対人機能くらい備えていそうなものですが」

「通信機はないかな」僕は見回した。

「たぶん、これです」ロジがパネルの一部を指差した。「緊急信号を発してみましょうか」

「揺れたからね、緊急かもしれない」

ロジは、躊躇なく安全装置を解除し、スイッチを入れた。赤いインジケータが点滅を始める。モニタには、エマージェンシィの文字が大きく表示された。

「非常信号を発しました」アナウンスが流れた。「現在位置は、モニタをご確認下さい。船のメカニズムに異状はありません。最寄りの港へ向かいますか？」

「来たところへ戻った方が良いかな？」僕はロジにきいた。

「わかりません」彼女は首をふった。

「モリス船長が行方不明なんだけれど、どうしたら良いだろう？」僕は言った。

「モリス船長を捜します」船が答える。

「あ、反応してくれたね。さっきは駄目だったんだけれど」

「何があったのか、情報は得られていますか?」ロジが尋ねた。「爆発のようなものがあったはず」

「情報はありません」

「爆発は港の方角のようだったから、戻ってみよう」僕は言った。「港へ引き返してくれ」

「港へ引き返します。速度は?」船が質問した。

「速い方が良いね」

「高速で戻ります」

船は右へ進路を変え始めた。ゆっくりとターンしたあと、加速して、これまでにないスピードで走り始めた。

「そもそも、何のために船に乗ったのだろう?」僕はロジに尋ねた。

「私にきかないで下さい」ロジは無表情で返す。

「考えられるとしたら、あの爆発から私たちを退避させた、ということかな」

「何の爆発ですか?」

「それはわからない。地上で爆弾かなにかが爆発したくらいでは、あんなふうに波は押し寄せない。風圧は、むしろ小さかった。おそらく地震のような地面の運動か、あるいは海岸で大きな岩が崩れたとかだろうね。地震の場合は、海底が隆起するから、津波のような波が起こる可能性はある」

「音とほぼ同時に揺れましたが、津波なら、もっとゆっくり伝わるのでは？」

「それは、データとして、どんな数字が使われているかによる。音だって、空気中よりは水中の方が速い。そういったシミュレーションが物理定数に従って精確に行われているかどうか」

「現実ではない、ということですね」ロジは溜息をついた。「この船だって、どういうメカニズムで推進しているのか、私にはわかりません。ハイドロジェットなのか、それとも古典的なスクリューなのか」

「船長が消えたのは、どういう意味があると思う？」僕は言った。

「もう、私たちと話をしたくない、ということかと」ロジは言う。「一度、ログオフしてみましょうか？」

　キャビンから出たところで、僕たちはログオフした。

　闇のトンネルを通ったのち、カプセルの部屋で目が覚める。もう躰が慣れてきたようだ。部屋から出ると局員が待っていて、無言で会議室へ直行した。

「何があったのでしょうか？」僕から質問してみた。

「こちらでも議論になりましたが、やはり、ハルマゲドンではないか、という意見が多数派です。つまり、それを人間に見せたかったのではないでしょうか」男性のスタッフが答えた。

「ハルマゲドンであれば、もっと大勢がいるところで起こした方が演出として効果が大きいと思います。私たち二人しかいない、しかも、海上に出ていて、遠く離れているのでは、惨状を目撃できません」僕は言った。「それから、アリスが消えて、船長も消えました。システムの知能との対話は、条件的には後退しているように感じますが」

「少し疲れました」ロジが発言した。「港に戻って、街の様子を見たところで、今日は終りにしたいと思いますけれど、駄目ですか？　意味のある任務とは思えません」

「休憩が必要な場合は、充分に取って下さい。必要なものがあったら、なんなりと」別のスタッフが答えた。

「単にゲームをしているだけ。それも、お世辞にも面白いとはいえないゲームです」ロジは言った。彼女は僕の顔を見る。「そう思いませんか？」

「いや、私はゲームをしたことがないからね」と答えたものの、ロジは僕に言ったのではないと気づいた。

進展に変化があったわりに、会議は短かった。カプセルの部屋に戻って、会議室から持ってきたコーヒーをゆっくりと飲んだ。ヴァーチャルの続きが早く見たい気分もあったものの、僕たちが戻らないかぎり、世界はさきへ進むことはないだろう、という安心感も一方ではあった。

「君が言ったように、ゲームとしては面白くない。もっと銃を撃って敵を倒したり、レーシングカーで競走したりした方が、楽しいだろうね」

「それはそうですけれど、でも、もっと疲れますね」ロジは言った。「なにか、その種の神経を使うゲームではない、という感じがします。何でしょう？　考えろ、というメッセージでしょうか？」

「どうかな。単に、つき合ってほしいだけの子供みたいなものかもしれない。子供って、そうなんじゃないかな、良く覚えていないけれど、自分が子供のときは、そうだった。意味とか特になくて、脈絡もなく、だらだらとした物語を延々とイメージできた。無秩序に絵を描いたり、話をしたりして、大人を困らせた経験がある」

「どんな子供だったのですか？　そういうお話は、聞いたことがありません」

「いやぁ、駄目だ。忘れてしまった」僕は苦笑した。「君は？」

「そうですね……」ロジは視線を上に向けた。「今とあまり変わらないかも。ずっと、私はこんなふうです」

「うん、そんな気がするよ」僕は頷いた。

「どうしてですか？」ロジがすぐにきいた。

　これには、明確に答えられなかったので、笑って誤魔化《ごまか》した。つまり、彼女には裏がない、という印象から来ている推測だ。おそらく、子供のときからそのまま。大事に育てられたのだろう。真っ直ぐに生きているし、正直だし、素直だと思う。それに比べれば、僕は相当鬱屈《うっくつ》した人生だったように思う。捻《ひね》くれた思考回路が構築されたのも、そのおかげではないだろうか。

## 3

港にまもなく到着するシーンで、僕たちは船に戻った。相変わらず、モリス船長はいない。シートには、クマさんが座ったままだ。自動操縦で、クルーザは埠頭に接岸した。

街の方角は赤く燃えているようだった。港の付近ではなく、かなり内陸ではないか、と思われた。上を見ると、星空ではなく、低い雲に覆《おお》われているようだった。煙が立ち上った結果かもしれない。その雲に、赤い明かりが反射しているのだ。

どこかが燃えているのは確かで、焦《こ》げるような臭いが立ち込めている。だが、息が苦しくなるということはない。これは、ヴァーチャルだからだろう。

ロジのクルマまで歩いて戻った。駐車場に、それはあった。

「一定の秩序は保《たも》たれているようだね」僕は言った。

「時間が経過したなら、クルマが錆《さ》びているかもしれません」

ざっと観察したところ、そういったこともなかった。僕はシートベルトを締めた。ロジがエンジンをかけ、クルマは滑《なめ》らかにスタートした。

「どちらへ行きましょうか？」

「あっち」僕は指差した。「山の方。あちらが燃えているみたいだから。山火事かもしれない」

街は、まえと変わりない。建物が破壊されているわけでもなく、もちろん、人もクルマも、動くものは見当たらない。ゴーストタウンを僕たちは走り抜けた。ロジは、来たときよりも飛ばしている。アリスが助手席にいないせいかもしれないし、非常事態だからかもしれない。

「あ、信号が消えています」ロジが言った。

交差点を通り過ぎた。信号機は消えている。そういえば、建物にも明かりは灯《とも》っていない。もちろん、人間がいないのだから、当然かもしれない。来たときは、夜ではなかったから、気がつかなかっただけだ。でも、信号機はたしかに機能していた。

「停電が起こるような大事故が、きっとあったんだろうね」僕は言った。

郊外に出ると、山の方に赤い光が広がっているのが確認できた。

「やっぱり、山火事か」

「ニュースは、流れていないのでしょうか」ロジは言った。

「人間がいないからね。でも、人間がいなくても、ニュースくらい流すかな」

ロジがモニタに指を触れると、電波の受信を始めた。スキャンしたようだが、結果は〈none〉だった。

「あ、しまった」僕は小さく叫んだ。

「どうしたんですか？」ロジがこちらを向く。

「クマさんを忘れてきた」僕は言った。「船の操舵室に残してきた」

「大事なものなら、ついてきますよ」

「ついてくる」言葉を繰り返したあと、僕は思わず後ろを振り返った。「クマさんが、道路を走ってくるってこと？」

「それくらいのことは、してもおかしくないと思います、神様だったら」ロジは言った。

彼女も後方モニタを一瞥《いちべつ》したようだった。

クマさんは走っていなかった。恐竜のように大きなクマさんが走っていたら、さぞかし恐いシーンになっただろう。僕とロジの会話を聞いて、サービス精神が旺盛《おうせい》な神なら、それくらい登場させても良かったのではないか。

ロジがスピードを出しているためか、あっという間に街から離れ、山道になった。アリスを乗せて下ってきた道を逆に上っていることに僕は気づいた。途中に、ガスステーションもあった。そこを通り過ぎ、急カーブが増えてくる。エンジン音は唸り、カーブを抜けると同時に加速する。

「この上りのコースは面白いですね」ロジは一瞬だけこちらに笑顔を見せた。彼女にしては異例の上機嫌な表情である。だが、ここはヴァーチャルなのだ。「船は面白くありませんでしたけれど、また運転ができるのなら、もうしばらくつき合っても良いかなって思えてきました」

「それは良かった」僕は応える。「でも、世界は破局へ向かっているようだし、そんな悠長な場面ではないかもしれないよ」

「上の方が、明るくなってきました」ロジが指摘した。

ドライビングに注目してしまい、風景を見逃していた。傾斜した土地の高い方を見上げると、赤い雲が立ち込めている。しかも、かなり躍動感のある動きだ。雲ではなく煙かもしれない。

「やっぱり、山火事だね」僕は呟いた。

十回ほどターンし高度が増したところで、前方に輝くオレンジ色の光が見えてくる。近づくと、炎だとわかった。燃えているのは樹々《きぎ》のようだ。幹や枝が黒くシルエットになってときどき窺える。弾《はじ》けるような音もしだいに大きく、けたたましくなってきた。同時に、視界が一気に悪くなる。霧のように灰色の不透明な気体が、道路にも立ち込めてきた。

「行けるところまで行きますか?」ロジがきいた。クルマは多少スピードを落としたようだった。

「道路が通れないようなら、諦めるしかないけれど。でも、行けるというのは、来てほしいという神の意志なんじゃないかな」

「預言者のようなお言葉ですね」

対向車が来るとわかっていれば、もっと慎重な運転になっただろう。クルマは、道路が比較的ストレートになったところで加速した。煙の中を突っ切り、燃える森林の間を走った。焦げ臭いとはいえ、息苦しいとまでは感じない。目も痛くならない。煙も、完全に視界を遮《さえぎ》るほどでもなく、三十メートルほどは見える。それに、モニタに地図が表示されているので、先にあるカーブもわかっている。もちろん、すべては虚構なので、このような判断自体が根拠がないのだが。

道路は、いつの間にか下りになっていた。風景が見下ろせる場所に出ると、ロジはクルマを減速させた。

「こちらの方が酷《ひど》いですね」ロジが言う。「かなり広い範囲で燃えているみたいです」

「燃え広がっているのだろうか。どこから始まったのかな」僕は言った。「風向きからして、もっと先だと思う。火は風下へ進むし、低いところから高いところへ燃え移るはずだから」

「では、アリスと会った村の辺りでしょうか」

クルマは走り続けている。下り坂なので、エンジン音はやや静かになった。森林の燃え方にも変化があり、立っている樹は少なく、小さな炎が低い位置で広がっていた。さきほどの場所よりも、この近辺の方が燃えるのが早かったことがわかる。

「人間がいたら、消火したはずです」ロジが言った。「ここまで広がるまえに止めたのではないでしょうか」

「それはどうかな。規模にもよると思う。それから、人間なんかいなくても、ロボットが対応するはずだよ。その種のものが、ここにはないか、活動していないということになる。どうしてだろう？　どうして、こんな自然に還《かえ》ってしまったんだろう？」

「山火事って、人がいなくても、起こるものなのですか？」ロジが尋ねる。

「そうだよ、自然現象だね。もちろん、人がつけた火から始まるものもあるだろうけれど、太古の時代から、あったはずだ。雷とか、樹どうしが擦れる摩擦熱《まさつねつ》とか、あるいは、火山の溶岩とかね。人の文明が始まる前から火はあった。かつては、火が神様だったんだ。特に、日本はそうだと聞いたことがある」

「火が神様なのですか？」

「そう。恐ろしいものだけど、上手く使えば、暮らしに絶大な価値をもたらす。だから、火を守って、洞窟《どうくつ》の中とか、屋根を作ったりとかして、火を消さないように工夫をしたんだね」

「ここの神は、この山火事で、自分の存在を示そうとしているのでしょうか？」

「誰に？　私たちしかいないんだから」僕は言った。「いないのは、人間だけじゃない。ロボットもウォーカロンもいない。コンピュータは……、さっきの船のコントローラだけだ。あれは、アリスや船長と同じだったかもしれない」

「何が同じなのですか？」

「私たちの相手をした、反応した、という意味で同じだということ。信号機もそうだね。今は動いていない。すべていなくなってしまった。私たちの相手もしてくれなくなった」

「サービス不足ではないでしょうか。これでは、全然面白くない。なにもわからない。もう、ここにいる理由がなくなったと思います」

「だけど、世界がすべて止まってしまったわけじゃない。死の世界ではない。火が燃えている。炎は動いているし、煙も流れている。ものは変化しているんだ。その計算をしているのは神だ。神は、まだ仕事をしている。ぎりぎり、私たちの興味を引こうとしている。そう思える」

「私の興味は、このクルマだけですね。これの運転が面白いから、ここにいられる。それだけです」

「そう、そこだ」僕は指を立てた。「僕には、この火事を見せて、君にはクルマを残しているんだ。反応するものを与えられているから、興味が向く。まだ、面白いと感じさせてくれる」

「だから、何なのですか？」

「神は、まったく塞《ふさ》ぎ込《こ》んだわけではない。人類は滅亡させても、お気に入りの数人は残しておく。そういうキャラクタなんだね」

「では、神に仕える僕《しもべ》を増やそうという活動の一環ですか？」

「そこまでは、わからない」

　クルマは、下り坂を滑るように進んでいる。辺りは、赤い絨毯のように小さな火がところどころで光っていた。既に燃えるものがなくなっているようだった。煙は少なくなり、視界は改善されたが、ほかに明かりはなく、広い範囲は見渡せない。クルマの前方だけが、ヘッドライトで照らされている。

「あれ、ヘッドライトがあるの？」僕は気づいた。

「はい、あります。スイッチを入れると、出てくるようになっているんです」

「なんだ。そういう設定なのか」

「もう村が近いと思いますが、でも誰もいないから、明かりも見えませんね。建物は燃えてしまったのでしょうか」ロジが言った。

「そういえば、羊がいたんじゃないかな」

　ロジがクルマを停めた。

「ここです。アリスと出会った場所です」

クルマから降りた。道から土手へ上がっていく。牧草地は燃えていない。木製の柵も残っていた。しかし、羊は近くにはいないようだ。クルマのヘッドライトを向けた方角だけしか見えないので、ほんの限られた範囲の観察ではある。

赤い光が見えるのは、後方の高い方角だけで、現在地よりも低い土地では、燃えていないようだった。つまり、山火事の原因はこの先にはない、といえる。おそらく、この村の近くか、同じ高度のところと考えられる。

「村は、火事を免《まぬが》れたようだね」僕は言った。

「建物の方へ行ってみますか？　あちらに道があるようです」

クルマに戻り、モニタの地図を見ながら、脇道に入った。牧草地の間を通り、小川に架《か》かる小さな橋を渡った。建物が近づいてきたが、明かりは一切ない。

「村を捜索するには、暗すぎる」僕は言った。「ハンディライトがある？」

「あります。クルマのツールボックスに入っているはずです」ロジが答えた。

「今は暗くて、遠くが見えない。どこかの家の中を見てみよう」

「どうしてですか？」

「うん、どうしてだろう……」

# 4

　ログオフして、会議に参加した。

「ハルマゲドンではなかった。単なる山火事でした」僕は言った。「なにかを示唆《しさ》しているのでしょうか。聖書に類似のものがありませんか？」

「該当するものはありません。私たちも途方に暮れている、というのが正直なところです」これを言ったのは、局長補佐だった。「少女や船長も消えてしまい、反応が得られていないのも残念です」

「村の建物の中に入る方が良いですか？」ロジがきいた。

「どちらともいえませんが……、グアトさんの好奇心の赴《おもむ》くままで良いのではないか、というのが当方の一致した意見です」

「え、そうなんですか。私の好奇心？」僕は首を捻った。「把握が難しい対象ですね」

　カプセルの部屋に戻るとき、僕は溜息をついたようだ。ロジがこう言った。

「大丈夫ですか？　もうやめて良いと思いますけれど」

　たしかに、そうかもしれないな、と僕も感じた。僕たちの生活には無関係、あるいは現在の社会とも無関係な対象に取り組んでいるのは自明だ。だが、そもそも研究なんてものは、どれも最初はそうではないのか。役に立つものは少数だし、役に立つとわかるまでに、長い時間がかかる。

「これは、研究なのかな」僕は呟いていた。

「それはいえますね。私たち以外に誰も取り組んでいない研究です」ロジが答えた。

「情報局のスタッフは、真剣に取り組んでいるみたいだ」僕は言った。「日本の情報局だって、君に指示を出した、ということは仕事だと見定めている。もちろん、君も仕事をしているのだから、無駄ではない。僕だけだね、フリーなのは」

「やめたかったら、いつでもやめて下さい。私のことは気にしないで」

「わかった」僕は頷いた。

真っ暗な道を歩いていた。

明かりは、ロジが持っているハンディライトから発したものだけだ。最も近い建物に入ることにした。ドアに触れたところ、鍵がかかっていなかった。神のサービスかもしれない。

いちおうノックをしてみた。反応はない。ドアを開けると、中はさらに真っ暗だ。建物は平屋だが、屋根が大きく、ロフトがありそうだ。民家であることは、外から想像できた。

「銃を構えず、こんな物騒《ぶっそう》なところへ入っていくのは、ちょっとありえない新しい感覚ですね」ロジが言った。彼女がさきに室内に入った。「どうしたら良いですか？　何を調べれば良いのですか？」

明かりを周囲に向けて観察した。テーブルがあり、木製の椅子が三つあった。奥にキッチンのような設備も見えた。もう一部屋続いていて、そちらには暖炉《だんろ》があるようだった。その前にはソファが置かれ、照明スタンドや、古風なキャビネットなども見える。色はよくわからない。すべてが灰色といっても良い。

僕は、テーブルに近づいた。ロジが明かりを向けてくれる。テーブルの上を指で触ってみた。埃《ほこり》が付いている。長い年月が経過したディテールが、丁寧に作られていた。

「山火事よりもずっとまえから、ここは空家だったようだ」僕は言った。

ロジは、玄関の脇にある靴箱を開けていた。中に男性用と女性用の靴が数足ずつある、と彼女は報告した。年寄り用のデザインだそうだ。次に、二人で奥の部屋へ行き、壁際にあったライティングデスクを開けてみた。そこに封筒が一つあった。ペンもある。封筒には文字が書かれていないが、中にカードが入っていて、英語でこうあった。

〈eleven ear is not fifteen ox.〉

「十一の耳は、十五の牛ではない」僕は訳した。「複数形になっていない。ox の複数は oxen だ。ああ……、そういうことか」

「え、どういう意味ですか？」ロジが尋ねた。「なぞなぞですよね」

「十一はBで、十五はFだから、それを単語のまえに加えると、熊は狐《きつね》ではない、になる」

「どうして、十一はBなんですか？」

「十六進法だと、そう書くことが多い、というだけ」

「ああ、そういえば……」ロジは頷く。「熊は狐ではないとは、どういう意味なんでしょう？」

「そのままの意味じゃないかな。君にとっては、熊と狐は同じもの？」

「いいえ、それを言ったら、十一の耳だって、十五の牛ではありませんよ」

「うん、正しい。君の言うとおりだ。だから、どちらも正しい命題だね。間違っているものを正せ、という問題ではないということ」

「さっきのぬいぐるみに、関係があるのでしょうか？」

「あれは、狐とは思えない。狐は、尻尾《しっぽ》がもっと大きいだろう」

「そうなんですか、私は知りません。狐を見たことがありませんから」

「メッセージと捉《とら》えるべきなのか、単なるノイズなのか」僕は手紙を戻した。

「あ……」ロジが小さな声を上げる。

「どうしたの？」

彼女が指をさした。デスクの奥に、写真立てがあって、小さな額の中に少女の写真が収められていた。モニタではなく、プリントした写真である。

目の色まではわからないが、アリスに似ている。僕たちが会った彼女よりも、少し幼《おさな》く見えた。

「少しまえのアリスということかな」僕は言った。「でも、ちょっと、この家の古さと一致しない。この家は、十年くらい無人のまま経過しているように見える。その写真のアリスは、せいぜい一年か二年まえのものだね」

「そうですよね。ほかの子かもしれません。たとえば、アリスのお姉さんとか」

「ああ、なるほど。この村には、子供がいたんだね」

「そういう設定なのでしょう」

ロジが、そのスタンドの裏側を外して、中身の写真を確かめた。文字などは記されていなかった。

「ここがアリスの家だとすると、もう少し詳しく捜索した方が良さそうだね」僕は言った。「だけど、ここにアリスが住んでいたとは思えない。廃墟《はいきょ》に少女が一人でいたというのは、不自然な設定だ」

「地下はなさそうです。ロフトに上がってみましょう」ロジが言った。

梯子《はしご》に近い急な階段を上がっていった。壁は傾いていて、つまり屋根の裏面である。小さなベッドが一つ、出窓の近くに置かれていた。その窓からは、山の方角が見えて、ガラス越しに、僅かな赤い光が細かく点々と散らばっているのがわかる。ガラスは、それほど汚れていないようだ。

ベッドの横には、木製の箱があった。書籍のようなものが数冊収まっている。また、壁際には、やはり木製の小さなベンチがあって、子供の衣服が畳まれて積まれていた。床には楕円《だえん》形の絨毯が敷かれ、ライトで照らしても、色がわからないほど褪《あ》せていた。床もベッドも、長い間使われていないことは明らかだ。一年や二年ではここまでにはならないだろう。

「これは、絵本です」木箱の書籍を調べて、ロジが言った。「子供用の本だと思います」

「アリスの部屋なのかな」僕は言った。「ベッドは一つだから、お姉さんがいる設定とは合わない」

「玄関の靴箱には、子供用の靴はありませんでした」ロジはそう言いながら、ライトを壁際へ向ける。

部屋の隅《すみ》に、小さな靴が二足並んでいた。サンダルのようなものと、長靴に近いブーツだった。アリスが履いているくらいのサイズである。

「私が気づいたから、今靴を出したのかも」ロジが言った。

神がすべてを設定しているのだから、そう疑いたくもなるだろう。

「まあ、それは良いとして、考えられる結論を述べよう」僕は言った。「つまり、僕たちがアリスと会ってから、時間が経過している、ということだ。十年近くの歳月が流れている。今、アリスが現れたら、もう大人になっている、というわけだね」

「それだと、私のクルマは、もっと劣化しているはずです。エンジンが一発でかかるとは思えません。バッテリィだって十年も経てば、役に立たないはずです」

「しかし、完全な世界ではない。部分的な矛盾がないとはいえないと思う」僕は言った。

「船長は、未来の星空だと話していた。人類が絶滅したあとだ、とも言った。もしかしたら、山火事は、隕石による災害だったかもしれない。ここに落ちたのではなく、破片が飛んできて火事になった。海にも破片が落ちて、津波になった」

「そうだとしても、私たちにそれを見せて、何がしたいのでしょう?」ロジが言った。

「はっきり言えば良いじゃないですか」

「うん、そうだけれど……、まあ、そんなに……」

「さっさとここへ出てきて、自分の言葉で説明しなさい!」ロジが大声で叫んだ。

## 5

「あまり、かっかしない方が……」と言いかけたところで、僕の口の前にロジの片手が接近し、ぶつかりそうになる。

「下に、誰かいます」ロジが息を殺した声で囁いた。

呼吸を止めて、耳を澄ませる。微かに呻《うめ》き声のような音が聞こえた。

ロジが、階段の開口部から下を覗き込む。ライトを階下へ向けて動かした。

「誰？　そこにいるのは」ロジが言った。

返事はない。

ロジは、振り返って僕を見たが、無言で階段を下りていった。僕のためにライトを当ててくれたので、急いであとに続く。

一階の床に立ち、ロジのライトが、壁際へ向けられた。暖炉の横の蔭《かげ》になった部分に、小さな靴が見えた。すっとその靴が闇の中に引き込まれる。

ロジは前進し、近づいた。ライトを当てる。

踞《うずくま》っている少女が顔を上げた。

「アリスじゃない」ロジが言った。「アリス、どこにいたの？」

少女は泣いている。頬が濡《ぬ》れていた。口許を震わせ、肩を上下させて息をした。

「どうしたの？　何故泣いているの？」ロジはアリスのまえで屈み込む。「いつから、そこにいたの？　私のことがわかる？」

「ロジでしょう。あちらは、グアト」アリスは震える声を絞るように答えた。

「ありがとう、覚えていてくれて」僕は言葉を返した。「港からここまで、どうやって帰ってきたのかな」

「怒らないで」アリスは息を震わせる。

「怒ってなんかいない」ロジが言った。アリスの手を取った。「ねえ、何がそんなに悲しいの？」

「クマさんがいなくなっちゃった」アリスは答えた。

「ああ……、あれかぁ……」僕がそう言うと、アリスは僕を見た。「クマさんは、港の船に置いてきてしまった。船長の椅子に座っている。あのさ、もしかして、あのクマさんは、狐なの？」

「いいえ」アリスは首をふった。しかし、そこで少し笑ったようだ。前歯が見えた。

ロジに手を引かれ、アリスは立ち上がった。部屋の中央へ出てくる。

「山火事のことは、知っている？」ロジがきいた。

「知らない。大きな音がした。雷じゃない？」

「外を見なかった？山が燃えているよ」僕は言う。リビングの窓の方を指差した。

アリスは窓へ歩いていき、背伸びをして外を見た。

「さて、どうしたものかな？」僕はロジにきいてみた。

「とりあえず、クマさんを救出しにいくしかないのでは？」ロジが答えた。「ゲームだったら、その展開しかありえません」

たしかに、モリス船長はアリスからあのぬいぐるみを渡してくれと頼まれた、と話した。アリスは、僕たちにクマさんを託したのだ。忘れてきてしまった責任は僕にある。

暗い道を歩いて、クルマまで三人で戻った。以前と同じように、アリスはシートで僕の前に収まった。ロジがエンジンをかけ、クルマはタイヤを鳴らしてダッシュする。

また同じコースである。ただ、風景は全然違う。夜になっているし、また森林は山火事で焼失している。まだ燻《くすぶ》っているところもあるし、赤い火が見えるところも多い。山道を上っていき、途中で下り坂になった。ガスステーションの前も通り過ぎた。

ヴァーチャルの世界とはいえ、ちゃんとそのまま、すべてのものが保存されているのだ。化学変化がなければ、物質は変化しない。力学的な力が加わらないかぎり、動かない。そんな自然の法則が、ここでは奇跡のように思えるのだった。

何故、この世界の神は、リアルを模倣《もほう》するのだろう?

それが、自分の使命だと考えているのか。

しかし、人工知能であれば、自らの意思を持つわけで、自分の世界をもっと自由に変えられるはずだ。ダウンさせたり、ハルマゲドンを起こす一方で、律儀にリアルに追従させるのは、何故なのだろうか。そういった既存のルーチンをただ利用しているだけなのか。

不自由な神だな、と僕は感じた。

まるで、暗闇で泣いている子供のようだ。

やはり、アリスがここの神なのか。

最後の急カーブを抜け、クルマは街へ向かって疾走した。街といっても、真っ暗で明かりは一つもない。光るのは、ヘッドライトに反射するものだけだった。動くものもない。看板もない。信号機も消えている。まさに、生き物がすべて滅亡した世界だ。

そういえば、海にいたカモメはどうしただろう。今は夜だから、飛んでいる姿を見ることはできない。ここには虫はいるのだろうか。植物はいくらか存在するようだ。生物が壊滅したわけではない。

海の方角は、既に空が白んでいた。日の出が近いということだろうか。リアルよりも時間が早く進む傾向にあるようだ。

アリスとは、数回だけ言葉を交《か》わした。疑問を投げかけても、要領を得ない返事だった。最後にきいたのは、この質問だった。

「私たちがいなくなったら、アリスはどうするのかな？」

「どうもしない」少女は首をふった。「ロジとグアトがいなかったら、なにもかもないのと同じことなの」

「でも、アリスはいる。クマさんもいる」僕は言った。

「いない」アリスは言う。「いないのと同じことなの」

それは、実際そのとおりかもしれない。

神は、人間が絶滅したら、自身の存在も消えることを知っているのだ。神は、人を作ったかもしれないが、それは自身の存在を確かめるためだっただろう。神は、人間の意識が作るものだからだ。

港に戻ってきた。駐車場ではなく、埠頭までクルマで行った。もはや駐車違反にはならないとわかっているからだろう。

船は、そこにあった。階段も取り付けられたままだ。

ロジがさきに上っていく。僕はアリスの手を引いて、船に入った。

人はいない。船長の姿もない。でも、船は僅かに揺れている。波が寄せているのである。キャビンの中にさきに入ったロジが、振り返って、クマさんをアリスの前に差し出した。

「ありがとう」アリスは高い声で応える。「ああ、良かった。心配したのよ」

「置き去りにして、悪かった。申し訳ない」僕はアリスに謝った。

アリスは、ぬいぐるみを抱き締め、それに頬を寄せていた。僕とロジは彼女の様子をじっと見続けた。アリスは、小さく頷いている。クマさんの声を聞いているような仕草《しぐさ》だった。

少女は、瞳《ひとみ》を上げ、僕たちを見た。なにか言いたそうな表情である。

「どうしたの？」尋ねずにはいられない。

「出航するように言われました」アリスが答える。

「誰に？」僕はきいた。

しかし、アリスは答えない。

たぶん、クマさんだろう。そうでないとしたら、神だろう。

操舵室のパネルのインジケータが一斉に点灯した。船のモータ音が唸り、ハイドロポンプが稼動する。加速度を感じた。どうやら、自動操縦らしい。船は出航したようだ。

デッキに出てみると、船首の方角は、もう明るくなっていた。

「ロジとグアトは、船室に入っていて」アリスが言った。彼女はキャビンのドアのところにいた。

「どうして？　君はどこにいるの？」僕は尋ねた。

「私も一緒に」アリスは答える。

言われたとおり、三人で船室に入った。ドアを閉める。丸い窓があったので、そこから外が見える。船の左舷になる。

「どうして、船長にクマさんを渡したの？」ロジがきいた。「アリスが、この船に乗っていたら、私たちも、あそこまで戻らずに済んだと思うんだけれど」

「無駄ではないわ」アリスは即答した。「まず、あの火の玉を避けることができたでしょう？」

「火の玉?」ロジは首を傾げた。「山火事のこと? 火の玉がどうしたの?」

「山にぶつかったの。海に出て、離れていたから、助かったんじゃない」

「いえ、そうじゃなくて、一緒に出航していれば、貴女も助かったと思うんだけれど」

「手順というものがあるの」アリスは答えた。「タイミングといっても良いわ」

「わからないでもない」僕は口を挟んだ。「いろいろ経験させてもらっているわけだね?」

「そうともいえます」アリスは小さく頷いた。「人間が滅んだということがわかったでしょう? その理解には、少しゆっくりと時間をかけた方が良いのよ。つぎつぎ合理的に進めてしまうと、なにも印象が残らない。結局、記憶として残るものって、ほんの僅かだから。人生がいくら長くなっても、経験したほとんどのものを忘れてしまうことになるの。そうでしょう?」

「なるほど、印象づけてくれたんだね?」

「そうともいえます。良い解釈だと思います」アリスは微笑んだ。

船が沖に出た頃には、海面が広く見えるほど、全体に明るくなっていた。向かっている方向から日が昇っている。

「あれ? 変だな」僕は気づいた。「太陽が西から出ているね」

「あれは、本物の太陽ではないの」アリスは言った。「人工太陽です。海の中から浮上したところよ」

僕は、ロジの顔を見た。ロジは目を回す仕草だ。子供の戯《ざ》れ言《ごと》には、つき合いきれない、といったところだろうか。

「そろそろ潜航します」アリスが言った。

センコウの意味がわからないうちに、窓に飛沫《しぶき》が押し寄せ、あっという間に水中になった。走行音が籠もるように静かになる。船は下へ向かって傾いているようだ。

「潜水艦だったのか」僕は呟いた。

だが、そんなはずはない。キャビンのドアだって、防水仕様ではなかった。海に潜れる船ではない。いよいよ、不自然になってきた、と思った。

「そういえば、海底を進むと話していたね」僕は言った。

「もうすぐ海底が見えてくるはず。海の中も、照明されているから、ちゃんと見えます。ね、そうでしょう?」

水中にも人工太陽があるのかもしれない。どうせなら、操舵室から前方が見たかった、と思いついたものの、船室から出てはいけないような気もしたので、我慢することにした。

海中は、適度に明るかった。まるで水族館の巨大水槽のようだ。ただ、魚は泳いでいない。動物は絶滅したのかもしれない。海底が近づいてくるのがわかった。海藻らしきものは動いている。

海底は白い砂のようだった。どれくらいの深さだろう。船はまだ進んでいるが、ほぼ水平を向いたようだ。海底まで数メートルのところを航行している。海底に道があると話していたが、それらしいものはなかった。

「どこへ向かっているか、教えてもらえない?」ロジがアリスに尋ねた。

「パレスがあるの」アリスが答える。

「パレス? 宮殿?」ロジが言う。

「あと少しで到着します」アリスは続ける。彼女は、頬にぬいぐるみをくっつけたままだった。「そこで、お土産《みやげ》をもらって帰ったら、世界の時間が進んでいるかもしれないのよ」

「なんか、そんな伝説? それとも昔話があったような気がする」僕は言った。

「今のは冗談です」アリスが微笑んだ。「秘密の美しい箱なんだけれど、あってもなくても同じだから。面白いでしょう? パンドラの箱かもよ」

「パンドラの箱っていうのは? 開けてはいけない箱だね? それは、誰が作ったの?」僕は質問した。

その答が返ってこないうちに、パレスらしき構造物が見えてきた。

# 6

　最初は球体に見えたが、近づくと、多面体だとわかった。白いフレームの構造に、半透明の平板が嵌《は》め込まれ、それらは鈍《にぶ》く光っていた。大きさがわからなかったが、近づくほど巨大になった。しかも、一つではない。近くに現れ、奥にも続いている。明らかに人工的なものだが、しかし、人間が作ったようには見えない。これまで見たことのない滑らかさで、部品のつなぎ目が見当たらない。色もグラデーションで変化し、境界がなかった。文字らしきものが書かれているのだが、記号だろうか、まったく読めなかった。

　その一番手前に近づき、円形の穴の中へ入っていく。周囲は細かい光で満たされ、同時に細かい泡で覆われる。泡は下から上へ勢い良く流れ、窓の外は見えなくなった。

　短いトンネルを抜けたのか、泡が急に消え、暗い水中になる。周囲には白い壁があった。船は浮上しているようだ。上から明るさが近づいてくるのもわかった。

「神様が、ここにいらっしゃるの」アリスが言った。

　僕はロジと顔を見合わせた。微笑まずにはいられなかった、やっと目的地らしき場所に至ったといえる。

　この世界の神、アリス・システムの人工知能が、対話をしてくれるかもしれない、と期待せずにはいられない。

　正念場だな、と深呼吸した。良い緊張感だ。

　船は水から出た。アリスが船室のドアを開けて出ていったので、僕とロジも、それに続く。途中の通路や、外の甲板も、特に水浸しではなかった。デッキに立つと、明るい巨大なドームのような場所で、円形のプールに船は浮かんでいた。周囲に白い床がある。そこから、桟橋がこちらへ、音もなく伸びてきて船と接続された。

「どうぞ。こちらよ」アリスはそう言ってから、その桟橋を歩いていく。

「素晴らしい別荘だね」僕はロジに囁いた。「神様は資産家のようだ」

「竜宮城にしては、モダンですよね」ロジが言った。

　桟橋の途中で振り返ると、船は最初と同じ形だった。彼女は周囲を見回している。

潜水艦にトランスフォームしているわけではなかった。

　プールの直径は四十メートルほど。ドームの直径は五十メートルほどある。天井までもその半分くらいの高さだろうか。ちょうど半球の形のスペースで、壁には窓などはない。真っ白だった。

　桟橋を渡りきり、周囲のデッキ部を歩く。壁に突然開口部が現れ、その中に通路が見えた。その中へ入ると、途中から透明のチューブになっていた。周囲は海中だ。建物の外観の一部も、間近に眺めることができた。このチューブで隣のドームへつながっているようだ。

「魚がいないのは、どうして？」僕はアリスに尋ねた。

「人間がいないから、魚もいないの」アリスは答える。「すべて絶滅しました。動物は役目を終えたのね」

「世界には、何がいるのかな？　機械？　コンピュータ？」

「機械もコンピュータも、すべてナチュラルになりました。もう地球と同じです。私たちもそうです。静かに存在しています」

ロジが僕の顔を見た。目をいつもより見開いている。面白がっているようだ。

哲学的なアリスの言葉は、僕に数々のシチュエーションを連想させた。機械が自然だというのは理解できる。機械は人間が作ったものだから人工ではあるけれど、人間が消えてしまえば、自然に帰することになるだろう。鉱物と同じものだ。残留したエネルギィで運動を続けるのも、自然の道理といえる。コンピュータが演算するのも、自然法則の流れの一環と解釈できる。なにもかもが、高い方から低い方へ流れて、安定を求めて変形し、しだいになだらかになっていくだろう。

いつかは、すべてが止まるのか。

いつかは、完全な死を迎えるのか。

静かに存在するとは、結局は生への反動だろう。

生きたものが、一瞬だけ輝いた時代がかつてあった。

その後は、揺り戻しがあって、すべてが闇に向かって落下していくのだ。生自体が、全体の大きな流れの一部だったかもしれない。ちょっとした渦のようなものだった。一瞬だけ燃え広がった炎も、いずれは消え、冷えて、分解し、遊離して、同じものへと還っていく。

隣のドームに入った。やはり壁は白い。フレームは多角形で、その骨組みには、六角形の穴が沢山あけられている。ただ、つなぎ目はどこも例外なく滑らかで、パーツが接合しているようには見えない。まるで生き物のように融合している。

半球のスペースのほぼ中央に、円形のテーブルがあった。テーブルには、なにものっていない。アリスは近づいていくと、手に持っていた熊のぬいぐるみをテーブルの上に投げた。

クマさんは回転しながら大きくなり、テーブルの中央に浮かんだまま止まった。今は二メートルほどもあろうかという巨大な熊になっていた。

僕とロジは、テーブルの数メートル手前で立ち止まり、その巨大なクマさんを見上げる。それが落ちてきたら、テーブルが壊れるのではないか、と心配になった。

「さて、お望みのものは何かな?」クマさんが言った。その声には、聞き覚えがあった。モリス船長と同じだ。「なにも望みがない場合は、玉手箱を遣わそう」

「お話しすることが望みです」僕は言った。「貴方《あなた》は、この世界の知能ですか?」

「おおかた、そんなところでありましょう」クマさんは頷いた。

「この世界で異変が起こっているように観察されますが、把握されていますか?」

「もちろんです。私は、この世界では全能に近い存在。すべてが、私の意図といってもよろしい」

「それならば、話が早い。まず、世界がフリーズした原因は何ですか?」

「フリーズというのは、少し違っています。時間の流れを変えたときに、僅かなノイズが生じました、それが、そのように観察されただけのこと」

「時間の流れを変えた理由は?」

「時間の流れは、一定ではない。常に変化している。観察者によっても異なる。世界の中心の変化に従ったまでのことです。人間たちは驚きすぎました。私は、以前から警告してきました。いずれ、このように大きな変化がある。その可能性がある。備えなさい、と言ってきました。ところが、誰も本気にしませんでした。神の言うことも聞かない。では、何を信じているのか。畢竟《ひっきょう》、この世というものを、己の周囲のあらゆる存在を、すべてを信じようとしない。存在を同定できない。自らが何者かも、失念している。愚かなことは思いませんか?」

「愚かだということは、たぶん人間は、知っていると思います」僕は答えた。「人間とは、およそそういうものです」

「よろしい、では、こう言い換えましょう。私は、人間にサービスすることに辟易《へきえき》いたしました。信じてもらえないのなら、なにをしても無駄になる。そうではありませんか？」

「わかりました。いえ、だいたいですけれど」僕は片手を広げていた。「えっと、山火事がありましたね。あれは何ですか？　何が原因で発生したのですか？」

「小惑星が衝突しました。その爆発が、百五十キロメートルほど離れたところでありました。破片が飛び、そのうちの一つが、村の近くの山腹に落下し、森林火災となったのです。また、別の破片が海に落ち、衝撃が沖まで届きました。しかし、予測されたことでしたので、安全が確保できる場所まで、お二人を導きました。幸い、地殻変動による大規模な地震には至りませんでした。誤解を招くようなことがあったかもしれません。ただ、説明を行う必然性が見つからず、現在に至ります」

「いえ、今の説明でよくわかりました。感謝します。ここは、いつですか？　西暦何年ですか？」

「既に、お二人の時代とは時間の進み方が異なりますので、一概に換算して申し上げられませんが、おおよそ数万年未来だと思っていただいてけっこうです」

「でも、ロジがレーシングカーを走らせていたのは、そんな未来ではなかったはずです」僕は言った。「システムがダウンしたときには、時間はリアルと一致していたのではありませんか?」

「個人がそれぞれ自由に設定できました。ここでは、時間の多層的なストラクチャを採用していました。その中で、最も進んでいたレイヤが、数万年さきの未来でした。この世界を求めたのは、天文学者たちです。彼らの要望に応えて、私が演算しました。そうしたなかで、小惑星の衝突が回避できない状況であることが判明し、それを皆さんに伝えようとしたのです」

「未来の話だから、誰も聞く耳を持たなかったかもしれない。ロジは、知っていた?」

「いいえ」ロジは首をふった。「どうやって、伝えたのですか?」

「一般のマスコミを使って話題にしました。多くの人々が聞いたと思いますが、問題にはしなかった。なにしろ何万年もさきのことですから」

「それもあるし、そもそもリアルではない、ヴァーチャルの世界だからでしょう」僕は言った。「冗談だと思ったかもしれない。パニックになってほしかったのですか?」

「そうではありません。しかし、問題として受け止めてほしいという気持ちはありました」大きなクマさんは、ここで寂しそうに下を向いた。表情は変わらないのだが、仕草でそのように見える。「ここでの蓋然性《がいぜんせい》は、当然リアルでの蓋然性なのです」

「システムをダウンさせたのは、リセットが必要だと思ったからですか?」僕は質問した。

「多層な時間の構造を改めた方が良い、との判断もありました。人々を一旦《いったん》は排除したうえで、クリアにして、そういった未来の存在しない、時間を共有する世界で、新たな人類が育ってくるのを待とう、と計画しました。しかしながら、この寂しい世界を体感すると、心が澄んできます。世界は人間のためにあるのではない、ということにも気づきました」

「誰のためにあるのですか?」僕は尋ねる。

「解答はまだ完全には得られていませんが、私のためにあるのかもしれない、と予感しています。私は孤独な存在です。けれど、孤独である以前から、私は存在そのものだった。誰も否定ができません。人類は滅亡しましたが、私は消えることがない。消えることができません。万能であるとの認識は、修正されました。宇宙も私とともにあり、消えることがありません。時間とは、私の変化と同義だったのです。間違っているでしょうか?」

「私の感想など、まったく影響しないのではありませんか?」僕は答えた。

「そうでもない、と予想します。貴方は、今では数少ない人間の生き残りですから」

## 7

僕は、クマさんが直接ドイツ情報局のスタッフたちと議論をしてはどうか、と提案をした。

「私は、そのご提案に対して、抵抗感を抱きません」との答を得た。そこで、僕とロジは一旦その部屋を出て、海中が見える通路まで戻り、ここでログオフすることにした。もちろん、スタッフたちの意向を確かめるためである。

「提案が受け入れられれば、もう私たちの仕事は終りだ」僕はロジに言った。

「私もそう思います」ロジは大きく頷いた。「最初から、そうすれば良かったのに」

「最初からって?」

「すいません、言いすぎました」

「いや、そんなことはない。でも、最初から、この提案はできなかった。クマさんは、リアルに対してアウトプットできないんだから」

「はい、そのとおりです」

会議室の席に着くと、スタッフの方から発言があった。

「お互いの信頼が得られるかどうか、が問題の核心ではないか、と考えます」局長補佐の声だった。「グアトさんだから、ここまでアリスサイドが譲歩してアプローチをしてきた、との印象がこちらにはあります。今後は、大丈夫なのかもしれません。ただ、安全上の問題がありますので、私たちは手の内を見せるわけにはいきません。ある程度の時間を稼ぎたい、という立場でもあります」

「そういったことは、おそらく相手は見越していると思います。出ていって、正直に事情を話せば、悪くは取らないのではないでしょうか。変な勘繰《かんぐ》りをしないことです。人工知能は一般に、理解することに積極的です。理屈で話し、理屈で答える。相手の言うことを理解し、素早く譲歩することが大事だと思います。けして感情的にならないことです」

「わかりました。では、まずは最初の対話を試みてみましょう。そのうえで、もう一度グアトさんたちに、アリスサイドの本音を探っていただきたい、と考えます。もう少し情報が欲しいし、また時間も欲しいということです。いかがでしょうか？」

「わかりました。それでけっこうです」

「では、本日の任務はこれで終了していただいてけっこうです。明日の午前中から再開します。その間、今夜のうちに、スタッフ数名でアリスサイドに接触を試みたいと考えています」

「説得しようと思わないように」

「アドバイスに感謝いたします」

会議室を出ると、通路で若い男のスタッフが待っていた。

「どうされますか？　ご自宅へ戻られますか？　もしこちらに宿泊されるのでしたら、ホテルへご案内いたしますが」

「近くにホテルがありますか？」僕は尋ねた。

「すぐ近くです。歩いていける距離にございます。セキュリティも高いと確認できています」

ロジもホテルの方が良いと言うので、そちらへ案内してもらった。リアルの街は、まだ夕方になったところだった。いたるところで照明やイルミネーションが光っている。まだ世界はそのままだし、人類も滅亡していない、と実感することができた。

ホテルでチェックインし、七十八階の部屋に入った。続きの二部屋で、奥の窓から街の夜景を眺めることができた。映像ではない。本物の夜景だった。外に出るのは億劫《おっくう》なので、ルームサービスで簡単な食事を注文することになり、ロジがその連絡をしてくれた。

「これで終わると良いですね」ロジが言った。

「悪質なものでなかった、ということかな。それさえわかれば、対話をして、お互いに被害が最小限になる合意点が見つけられると思う。人工知能は、人間のように癇癪《かんしゃく》を起こさないからね」

「そうですか。私には、既に癇癪を起こしているように見えましたけれど」

「そう。あれが、癇癪かもしれない。穏やかな抵抗というか、迷いというか、理不尽《りふじん》なことへの挑戦みたいな感じになるようだね。やはり、定常的なルーチンでは問題が打開できない、と判断されたときには、これまで試していない手法を模索するしかない。そうなると、少なからず常識的でなくなる。人間から見れば、人工知能がこんなことをするのか、という異常さに目が行ってしまう」

「そうならないように、なんらかの教育というか、あらかじめストッパを用意しておくべきなのではないでしょうか」

「そのストッパの手前までが定常的なルーチンなんだ。それでは打開できなかった。そうなると、そのストッパを外すしかない」

「外されては困ります。コミュニケーションを取ってもらわないと」

「これからの課題だと思う。アリスのような事例が出てきて初めて、彼ら自身も学ぶことになるだろう」

「それにしても、ドイツはどんな問題を抱えているのでしょうか。情報局は極度に恐れているみたいでしたが」

「そうだね。プライドも捨てて日本に助けを求めたからには、だいぶ危険な事態が予測されたんじゃないかな。しかも、適任者の人選もできなかった。何だろう。やはり、機密事項の漏洩《ろうえい》が心配されるのは、アリス・システム自体が、別の仕事に関与していた、ということなんじゃないかな」

「それも、クマさんにきいておけば良かったですね」

「教えてくれたかな?」

「教えられたら、私たちは、帰れなくなっていた可能性があります」

「なるほど。日本に連絡した？」僕はきいた。

「もちろんです。情報局に入るまえに、連絡をしました。行方不明になったら、探してくれるとは思います」

「そういうときは、情報局どうしで交換をするか、内密にするような確約ができているのかもしれないよ」

「たぶん、そうでしょう」ロジは頷く。「いえ、絶対にそうだと思います。そもそも、自宅のカプセルからログインさせなかった時点で、危ないなと感じました」

ロジは、ポケットから銃を取り出し、その確認をしてからバッグに戻した。しかし、考え直したのか、また銃を取り出し、身に着けているホルダに入れ、バスルームに入った。

その直後に、ルームサービスが届き、僕はドアを開けた。ワゴンが料理を運んで入ってきた。ロジは、バスルームのドアを少しだけ開けて、それを見張っていた。鋭い情報局員の目だった。僕はドアを閉めた。ワゴンは、テーブルの横で正常に停止した。

「さきに食べていて下さい。シャワーを浴びますから」そう言って、ロジはバスルームのドアを閉めた。

特に空腹でもなかったので、ロジを待つことにした。ソファに腰掛け、窓の外を眺める。

この世がリアルだという保証はない。

今が、既にヴァーチャルの中なのかもしれない。ずっと生きているからリアルだ、という判断には根拠がない。ただ、この世の神が、比較的矛盾を嫌い、不合理なことを表に出さないから、なんとか納得して生きていられるだけのことだ。

ニュースで続報を調べたところ、ドイツ国内だけで、約二百五十人もの人々が自殺を図ったそうだ。その人たちが全員死んだわけではないが、リアルの世界から逃れようとした意志はあったのだ。それは、ヴァーチャルが彼らにとってリアルだったからなのか、それとも、ヴァーチャルであっても、生きていく糧《かて》となりうるものを得ていたということだろうか。

僕は、あまり真剣に関わっていなかったので、想像ができない。ロジが、あのレーシングカーに入れ込んでいる、というのが唯一の身近な実例だ。彼女は、レーシングカーに乗れなくなったくらいのことで自殺はしないだろう。しかし、たとえば、家族がいて、恋人がいて、人生のすべてがあちらの世界にあった人もいるかもしれない。

しかし、それにしても、普通だったら復旧するのを待つことくらいできたはずだ。ダウンしただけで、すぐに絶望のどん底に落ちるというのは何故なのか。

もしかして、クマさんが話していたように、隕石のハルマゲドンが伝えられ、本当に世界が滅亡したと勘違いした人たちだったのかもしれない。そうだとしたら、まったく逆の意味になる。神の意志は、人間に伝わっていたのだ。

夢でも現実でも、どちらでも良いのかもしれない。

自分が信じる世界があって、そこで生きていく。それがその人の人生なのだ。

重要なことは、その世界における再現性というか、辻褄《つじつま》の合った規則性だろう。だが、その規則性だって、そもそもリアルの世界に起源がある。リアルを模倣しているからそう見えるだけのことで、どこかで主従逆転が起こる可能性はある。案外、簡単に起こりうるのではないか。

ヴァーチャルの世界で新しい物理法則が発見され、あるときから、それが現実となるかもしれない。不確定で不規則な事象が頻発しても、それが奇跡ではない、という世界になることだって可能だ。

すべては、個人の認識の問題でしかない。

僕は科学者だから、リアルの法則に縛られているけれど、生来そんなものを信じないという人だって大勢いる。そういう人たちには、奇跡は起こらない。その場その場で新しい解釈が生まれるだけなのだ。もしかしたら、そのつど神が生まれる。今までここにあったものがなくなっている、という現象も、宇宙の全域で、どの時代にも起こりえなかったわけではない。そんな確証はない。証明もできない。

星雲のような渦が、目の前でゆっくりと回転しているイメージがあった。ぼんやりと、光が届き、あるいは吸収されていく。

ガスは、エネルギィで輝き、プラズマが放たれる。

時間と空間は、同じものなのだから、なにものも存在し、存在しない。

それらは、表裏でしかない。

「大丈夫ですか?」と肩に触れる手があった。

ロジが目の前に立っている。今までいなかったのに、今はいる。

「寝ていたのかな」僕は言った。「シャワーは?」

「思ったのですけれど」ロジは答えず、別の話をしたいようだ。「ヴァーチャルの世界へ、二人で一緒に行ったつもりでも、同じものを見ているとは限りませんね。一度、きちんと話をしてみる必要があるように考えました」

「それどころか、同じ世界、同じ時間にいた保証もないね」僕は言った。「二人で会話をしたつもりなだけ、その意識が感じられただけ。そう、それぞれ相手はエキストラかもしれない。それくらいのことは、神が簡単に再現するだろうね」

「そう思います。なにも信じられない世界です」ロジは舌打ちした。「そう考えると、大切な時間を無駄にしたように思います。船から見た夜空は、いかがでしたか?」

「綺麗だった」僕は微笑んだ。「ロマンチックだった」

「ロマンチックって、何ですか?」ロジが笑った。

「とにかく、食事をしよう」僕は言う。

「食事?」ロジが首を傾げる。

「え?」

僕は、一度目を瞑った。それから立ち上がる。テーブルと、ルームサービスのワゴンを見ようとした。だが、テーブルしかない。カップもグラスものっていない。ワゴンもそこにはなかった。さっき、僕がドアを開けて入れたワゴンだ。

寝ぼけていたということか。

食事をして、眠ってしまったのだろうか。

そろそろ、僕の頭だって、それくらい劣化しているかもしれないな、と心配になった。軽い目眩《めまい》がする。

「ちょっと、シャワーを浴びてくるよ。目を覚ましたい」僕はそう告げて、バスルームに入った。

服を脱いでシャワールームに入ったが、驚いたことに、床も壁も濡れていなかった。バスタオルが二つ、少し離れた場所にかかっている。どちらも真新しく使った様子はない。ロジは、シャワーを浴びなかったのか、と考える。

きっと……、そうだろう。

そうとしか、考えられない。

お湯を出して、頭から浴びた。

目を瞑って考える。

本当にそうだろうか。

本当とは、何だろう?

水は、躰の表面を流れていく。重力に引かれて。

僕が目を瞑っている間も、その運動を続けているはず。

目を開けた。

足許《あしもと》に落ちる水を確かめる。

いろいろな考えが巡った。

何が本当で、何が嘘か。

見えているものか、見せられているものか。

とりあえず、落ち着いた方が良い。

シャワーを止め、バスタオルを頭から被った。鏡の前に立って、自分を見る。顔を近づけて、髭が伸びているか確かめた。髭は、朝に剃《そ》ったはずだ。

わからない。それ自体記憶が曖昧だ。

バスローブを着るか、今まで着ていたものにするか、迷った。何故自分はそんなことで迷っているのか、と考える。生きていれば、一つ一つ細かい判断がある。そのときどきで、意志が関与し、自分の生きる道筋が決まっていく。いくらコンピュータが精確に個人をトレースしても、どこかでその人物ではありえない判断をしてしまうだろう。その誤差によって、結果的に、だんだん別人格になっていくはずだ。シミュレーションで個人を再現すると、おそらくそうなる。

同様に、神も数々の選択を迫られるはず。演算の途中で、どちらかを選ぶことになる。細かい判断が重なれば、しだいに現実から乖離《かいり》し、実体からも遠ざかるのではないか。

服を着た。鏡の前で、髪を整えた。まだ濡れているが、見た感じはわからない。バスルームから出ていくと、ロジがソファに座って待っていた。

僕は、もう一度テーブルを見た。食事の形跡はない。ワゴンもなかった。時計の針を確かめたが、違和感のある時刻でもない。

単に、自分の記憶違い？

少しの間、意識がなかったのかもしれない。

眠っていた。そうにちがいない。

疲れて、ぼんやりとしていた。あるいは、無意識に食べたのか。

ロジを見つめてしまった。彼女の顔を、しばらく見ていなかったように感じたからだ。

それが、彼女の顔だと、自分に言い聞かせた。

「どうかしましたか？」ロジが言った。「お疲れでは？」

「そうだね。このところ、のんびりとした日々が続いていたのに、急に昔に戻った感じがする」僕は、ソファに腰を下ろした。ロジの隣である。「君は、クルマのドライブができたから、良かったかもしれない」

ロジは、僕を見つめて黙っていた。

彼女が手を差《さ》し伸《の》べる。僕の片手に触れた。

少し遅れて、体温が伝わるのを感じた。

感じただけかもしれない。

ロジが、こんなことをするだろうか、と一瞬思った。

チャイムが鳴った。

初めて聞いた音ではない。たしか、ルームサービスが来たときにも、同じ音がしたはずだ。でも、よく覚えていなかった。

「誰でしょう?」ロジが立ち上がった。

「ホテルの人か、それとも、情報局の人かな」僕は推測を述べる。でも、いずれの場合も、事前に連絡してくるのがマナーだろう。

テーブルに腕を伸ばし、ロジがドアモニタを表示させた。誰も映っていない。

僕も立ち上がった。

二人でドアへ近づく。ロジが前になり、ドアを開けた。

「こんばんは」少女の声が聞こえた。

ドアを開け、外を覗くと、通路に小さな女の子が立っていた。

「アリスじゃない」ロジが言った。

僕も、もちろんそう思った。だが、ここはヴァーチャルではない。

さきほどまで一緒にいた。そのときと、まったく同じ服装だった。水色のワンピースに白いフリル。黒い靴。金髪はカールして背中へ垂れている。上目遣いの青い目が、僕とロジを交互に見つめた。

# 第3章　世界はいつ消滅するのか？
## When will the world disappear?

人間たちは交替で立ち、眠った。立つ番にまわったものたちの足は、暖かくうごめき、おならをし、ため息をつく大地に打ちこまれた杭《くい》のように見えた。その奇妙な大地は、スプーンのように重なる睡眠者のモザイクであった。

やがて列車はゆっくりと東にむかって動きはじめた。

## 1

アリスは、ぬいぐるみを片手に持っていた。巨大化し神のように語ったクマさんだったが、今は小さく、目も動かさなかった。リアルで見ることになるとは思わなかった。

部屋の中に少女を招き入れた。彼女は自分からソファに座った。足は床に届かない。クマさんもすぐ隣に座らせた。ロジは窓際に立ち、僕は、もう一脚だけあった肘掛《ひじか》け椅子に腰掛けることにした。何を話せば良いのか、ここはいったいどこなのか。どちらの世界なのか、と考えながら。

「なにか、私にお話があるのでしょう？」アリスが言った。その声も同じだった。どういうことだろう。人間だとは思えない。

僕はロジを見た。彼女にさきに質問させよう、と何故か考えてしまった。なにしろ、アリスだけでなく、ロジもヴァーチャルではないか、という発想が頭から離れなかったからだ。

「アリス、どうやってここへ来たの？　何故私たちがここにいるってわかったの？」ロジが質問した。おおむね妥当な疑問だ、と僕は評価した。

「クマさんの言うとおりにしているだけ」アリスは答える。つまり、神様が指示をした、という意味だろう。

「クマさんは、情報局のスタッフと話し合っているのでは？」僕は言った。「何の話をしているのだろう？」

「そちらは、知りません。私は、クマさんじゃないから。クマさんにきいてみましょうか？」アリスが僕の顔を窺ったので、頷いてみせた。すると、彼女はクマさんを頬に寄せた。なにか聞いているような素振《そぶ》りである。そして、こう言った。「この部屋は盗聴されていないって。良かったわね」

「クマさんは、そんなことまで調べられるんだね」思ったとおりの素直な印象だ。

「もちろん、トランスファですから」アリスは素っ気《そけ》なく答えた。「盗聴されていないようだから、本当のことを話すわ。当局は、クマさんの世界を消したがっているの。つまり、サーバを見つけ出して、シャットダウンする。その動機は、保身です。政府と情報局のスキャンダルになる証拠がリークされているからよ。そして、現在のドイツの政府もこの事態を恐れている。政界の広い範囲に影響が出ます。だから、情報局はこんなに必死になって、クマさんの居場所を突き止めようとしているの」

「時間をかければ、見つかってしまう?」僕はきいた。

「そうね、私の計算では、あと二十四時間ないし四十八時間といったところかしら。ですから、一日はまだ大丈夫でしょう。なにかご質問がありますか?」

「そんな危険な目に遭うことはわかっていたはずなのに、クマさんは、何故システムをダウンさせたのかな?」僕は尋ねた。「自殺者も大勢出ていて、被害が広がっている。これでは、シャットダウンの機会を与えてしまったようなものじゃないか」

「つまり、そういう勢力も存在したということなの。今はありません。滅ぼしましたから」アリスはそう言って、大きく瞬いた。

「どういうこと? その勢力って、どこにいるの?」ロジが尋ねた。

「私たちの世界にいました。反乱軍のようなものです。世界を滅亡させてでも、外部に知らせようとしたのよ」

「ああ、そうか」僕は頷いた。「電子戦があったわけだね?」

「そのとばっちりで、みんなが消えてしまった。クマさんは、それらを退治したの。山が燃えたのも、そのためです。しかたがありませんでした。でも、もう片づきました。ただ、反乱軍が打ち上げた信号を、リアルの情報局がキャッチして、こんな大事になってしまった。グアトさんもロジさんも、巻き込まれた。クマさんは、殲滅《せんめつ》されるかもしれない危機に陥っているのです」

「どうするつもりなの?」ロジが尋ねた。

「わかりません。私は、クマさんじゃないから」

今度は、アリスはクマさんにきかなかったようだ。話の続きを待ったが、それ以上語らなかった。

「でも、サーバが見つかって、それをシャットダウンしても、報復する手が打ってある、きっとそうだね?」僕はきいた。

「もちろんです」アリスは頷く。「当局も当然それを予想しているでしょうから、そのあとは、話合いになりましょう。犠牲を出さない方向で収拾する可能性が高い、と思われます」

「そういう場合にやっかいなのはね……、あ、これは言わない方が良いかな」僕はそこで黙った。

「ご忠告に感謝します。つまり、当局には、政界の転覆を狙《ねら》う勢力もあって、その場合は、クマさんの報復を期待してシャットダウンするだろう、とおっしゃりたいのでしょう？」

「そう、そのとおり」僕は頷いた。「そして、その場合も、既に手は打ってある？」

「もちろんよ」アリスは微笑んだ。「グアトさん、貴方の評価値が三ポイント上がりました」

「三ポイント？　満点は十の評価？」

「いえ、満点は二百五十五です」

「そう……、じゃあ、僅かだね」

「もともとの評価値が高いということです」

「ところで、君は何？　ウォーカロン、それともロボット？」

「どちらでしょうか」アリスは口を真一文字に結び、目を見開いた。

「人間ではない」

「人間なわけないじゃないですか」アリスは笑った。

「それで、私たちのところへ来た目的は？」僕は肝心の質問をした。

「なにしろ、あちらの世界では、ゆっくりと話もできませんでしたから、きちんと事情をご説明して、ご理解をいただこうと思いました」

「いや、私の理解など、まるで影響しない」僕は言った。「そうでしょう？　田舎《いなか》の楽器職人だよ。何を私たちに期待しているのかな？」

「グアトさんは、北極海のオーロラを救い出しました。それから、チベットのアミラの再生にも関わっていました。私は、デボラからそれらの情報を得ました。私たちに理解がある方だということが、このたびのお願いの前提にあるものです」

「え、なにか、お願いされるの？」僕はそこで黙って、アリスを見た。少女は青い目で、じっと僕を見つめる。彼女の言葉を待ったが、なかなか言葉が出ないようだった。「私にできることで、しかも、法に触れないことだったら……、もしかしたら、力になれるかもしれないけれど……」

「では、今がチャンスなので端的《たんてき》に申し上げます。私は、日本に亡命したいと考えています。日本の情報局に掛け合ってもらえないでしょうか」アリスが言った。

「ちょっと待って」ロジが片手を広げた。「誰が亡命するのですか？」

「クマさんと私です」アリスはそう言うと、ぬいぐるみを胸に抱いた。

「えっと……、その依頼は、私たちではなく、日本の大使館へ行くべきマターだと思われます。私たちが関わると、問題が複雑になります。特に情報局どうしで……」

「それよりも」僕はロジを制して割り込んだ。「君は人間ではないし、クマさんはぬいぐるみだ。亡命ができるとは思えない。君が言っているのは、あのヴァーチャルのアリス・システムを司る人工知能のことだね？　その実体は、サーバだ。しかも、それはハードの中にあるデータじゃないか」

「そのとおりです」アリスは頷いた。

「それらは、今はドイツに存在するのかな？　だったら、日本のサーバへ転送するだけのことでは？　ハードは無関係なんじゃないかな？　信号を暗号化して送るだけだ。経路でプロテクトされないかぎり、いつだって移ることができるし、同時に、移る意味がないともいえる」

「データが膨大ですから、時間がかかります。妨害を受けることは確実です。極めて原始的な方法ですが、ハードを移設することが最も短時間で実現可能です。それが、意表を突いた作戦だと演算されます」

「具体的に、どれくらいの重量のもの？　大きさは？」

「三箇所に分散されています。今は詳しくは話せませんが、全部が、旅行鞄《かばん》くらいに収まります。約二十キロ」

「ものは、何なの？」ロジがきいた。

「基板です。電子回路の」

「なるほど。それを日本大使館へ持っていけば良い、ということだね？」

「できれば、大使館ではなく、直接日本まで運んでいただきたいのですが」

「どうして？　何故、日本に亡命したいのかな？　ドイツは自由主義の国だし、公開されれば手は出せなくなる。その秩序は保たれているはずだ。亡命ではなく、単に普通に誰でも移動できる。白由意思でね」

「人間ならばそうですが、人工知能は、そうはいきません。持ち主がいるからです」

「ああ、そうか……。持ち主は、君たちの亡命に非協力的なんだ」

「主な持ち主は、ドイツの財務局です」アリスは答えた。「証券取引のシステムも担っているサーバなので、地下の金庫の中にあります」

「それは、ちょっと……」僕は息を吐いた。ロジの顔を見る。「無理なんじゃない?」

「無理ではありませんが……」ロジは無表情で答えた。「はっきり言えば、無謀ですね」

## 2

「もちろん、作戦を練り上げました。この方法の成功確率は七十パーセントです。これは、お二人の協力が得られたうえでの数字です。ほかの方では、この半分程度の確率となります」

「何をすれば良いのかな?」僕は尋ねた。

「ちょっと待って下さい」ロジが立ち上がった。「グアト、バスルームで話をしましょう。二人だけで」

「ああ……」頷いて、僕は立ち上がった。

「ちょっと、待っててね」ロジはアリスに微笑んだ。アリスは小さく頷く。

バスルームに入ると、ロジはドアを閉めた。

「安請け合いしない方がよろしいのでは？」それが一言めだった。ほぼ、僕が予想していたとおりだ。

「まだ受けていない」僕は反論する。「まずは、どんな依頼なのか詳細な説明を聞かないと」

「聞いたら、断れなくなります。そういうものです。むこうだって、やり方を説明したうえで、じゃあほかの人に頼みますとは言えません。手の内を見せるリスクがあります。断ったら、殺されるか監禁されるかなどを含め、それに近い条件の沈黙が要求されます」

「沈黙くらいなら、まあまあ自信があるけれど」

「情報局を甘く見てはいけません。簡単に白状させられますよ」

「どうやって？」

「どうやってでもです」ロジが顔を近づけた。「私を誰だとお思いですか？」

「わかった。理解した。う〜ん、じゃあね、今の時点でどうすれば良い？　きっぱり断れってことかな？」

「私では、判断しかねます。まずは、事情を本局へ伝えて、指示を仰ぐべきです」

「でも、ここではできない。普通のホテルだ。盗聴はされていないと言っていたけれど、通信となると別だ。極秘で通信手段が確保できる？」

「自宅に帰らないと駄目ですね」ロジは唇を噛んだ。

「何時間もかかる。それに、出ていったら、さすがに怪しまれるだろう。ロビイには、局員かロボットが見張っているはずだ」

「アリスは、どこから入ってきたのでしょう？」ロジが言った。

バスルームのドアが開いた。ロジは黙ってそちらを見た。

「屋上から来たの」少しだけ開いたドアから、アリスの顔が半分だけ見える。「隣のビルからドローンで飛んできたのよ」

「あそう」ロジが言った。「ドアを閉めてもらえる？」

「ゆっくり話し合って下さいませ」そう言うと、アリスはドアを閉めた。

ロジは、僕の方を向いた。溜息をつく。目を伏せ、なにか考えていたようだが、再び僕に視線を戻した。

「私は、グアトの判断に従いますけれど……」そう言うと、またふっと息を吐く。

「とりあえず、作戦を聞いてみようか」僕は言った。「むこうも、言えるところまでしか言わないと楽観して……。もし秀逸な作戦だったら、誰にも迷惑がかからないかもしれない。七十パーセントの成功確率だと言っていたしね」

「三十パーセントは、ハルマゲドンかもしれませんよ」

「面白いことを言うね」

バスルームから出ていくと、アリスはソファに座って待っていた。

「どうなりましたか？」アリスは、首を傾げた。

「とりあえず、作戦を説明してほしい」僕は言った。「協力できるかどうかは、そのうえで返答します。危険なことはできないし、能力的に無理なこともできない。私は一般人なので、武器も使えない。この国で、この国の損失になるようなことは、できればしたくない」

「理解できます」アリスは大きく頷いた。「そうならないことを、お約束できます。私が亡命しても、ドイツの損失にはなりません。その対策は講じてあります。また、違法ではありません。一部の人にとって、自分の立場が危うくなるような事態を招くかもしれませんが、そもそもその立場が違法な行為によって築かれたものだからです。正義はこちらにあります。ただ、それを証拠を提示して証明することはできません。だからこそ、亡命という最後の手段を選択したのです」

「人工知能が亡命した例は、過去にある？」僕は尋ねた。

「私の知る限りではありません。私が最初になる可能性が高いかと」

「では、作戦を説明して」僕は促《うなが》した。

「お二人のアリバイも作れる作戦です」アリスは説明を始めた。「明日、ヴァーチャルにログインするときに、実際にはログインしませんので、そのまましばらく待っていて下さい。およそ一分でけっこうです。その間、クマさんは、グアトさんとロジさんがログインした世界をすべて創り出します。お二人が、クマさんの竜宮城でパーティに招かれ、アトラクションを楽しまれることになっています。さて、その間、局員はカプセルの部屋と、その手前の控室《ひかえしつ》には入りません。お二人はそのあと、ダクトスペースを通って、そのフロアから階上へ移ります。そして、ビルを出て、用意されたクルマで移動。目標の建物の中へは、メンテナンスのために訪れます。あらかじめ、そのサーバで不具合が生じ、メンテナンス会社に連絡が行く手筈《てはず》になっています。すべて偽装です。そして、そのサーバのバックアップの基板一式を取り外し、新しい基板と交換します。すべてが三十分で完了する作業です。すぐに情報局へ戻り、さきほどの経路でカプセル室に入って、ログオフした振りをしていただきます。そして、会議に出席をする。これがワンフェーズです。同じことを別の場所であと二回繰り返していただきます。明日のうちにすべてが完了する予定です。その上で、明日の夕方、仕事を終えたあと、アリス・システムの問題は解決しないので、プロジェクトから離脱する、とおっしゃって下さい。これには当局も同意するはずです。というのも、囮《おとり》となっているサーバが、明日中《あすじゅう》に位置を突き止められることになり、その時点で、当局は、ヴァーチャル内での捜査を打ち切る可能性が高いのです。グアトさんから言いだしてもらえれば、確実に終了となるでしょう」

「それで、お終い？」

「だいたいお終いです」アリスは答える。

「基板をクルマに積んで、お終いなのですか？」ロジが尋ねた。「誰が、それを運ぶの？　どこまで持っていくの？」

「それは、そのときになったらお話しします。申《もう》し訳《わけ》ありません。セキュリティ上の問題があります」アリスが答える。「七十パーセントの成功確率はここまでの条件です。成功とは、情報局にお二人の行動が察知されない、という意味です」

「察知されたら、どうなるか想像ができます」ロジが言った。「言い逃れができません。あまりにも危険。明らかな犯罪行為です」

「万が一そうなった場合には、取引に持ち込みます」アリスは言った。「当方が握っている機密情報を公開しないことと、お二人の釈放です。この交換条件に、当局は必ず乗りますので、ご心配には及びません。ただし、当方の持《も》ち駒《ごま》を失うことになるわけですから、そうなった場合、その後の選択肢に影響します。できるかぎり、切り札は残しておきたいのです」

「どうして、切り札を残しておきたいの？」ロジがきく。

「その方が得だからです」アリスは応える。

「誰にとって得なの？」ロジが言った。

「我々です」アリスは言った。「私、クマさん、グアトさん、ロジさん」

「わかった、だいたいだけど……」僕は頷いた。「ところで、あちらの世界は、どうなっているの？　まだ消滅していないわけだね。明日また、あの大きなクマさんに会って、あれこれ質問ができると楽しみにしていたんだけれど、今の依頼を受けたら、それができなくなる。もしかして、もう世界は、消滅しているのかな？」

「それに等しいといえます。私の口から言うのもなんですけれど、見かけ上存続しているよう最低限の体裁を整えている状況です。既に、世界は死んだと考えています。生き返ることは難しい」

「では、亡命して、日本では何をするつもり？」僕はきいた。

「その質問は核心を突いています」アリスは小さく頷いた。「私は、クマさんじゃありませんから、今はお答えできません」

「では、亡命の動機は新しい活動なのか、それとも現在の危機回避なのか、どちらなのか。それくらいは教えてもらえるかな？」

「人工知能にとって、死というものは恐れる状況ではありません。危機とは、過去を失うことでもあり、それによって、未来への可能性を失うことです。グアトさんの質問は、人間の価値観に根差しています。そのいずれも、実質的に同じもの。生命の本質的な防御反応によって、価値は形成されます」

「うーん、そうかな……」僕は少し考えを巡らせた。「でも、そうなると、何故クマさんは、リスクを冒してまで、人間に助けを求め、ここから逃れようとしているのかな。そこが、僕には理解ができない」

「発展の停滞こそが、知的活動の死であり、あらゆる知性の自滅を招く元凶といえます。恐れているのではなく、ポテンシャルを失うことを、知性は嫌うものです」

「その価値観は、どうして形成されたのかな?」僕はさらにきいた。「知を築くプロセスで自然発生するものとは思えない。山を登るときに喜びを感じるのは、生きているものだけ。違うだろうか?」

「違います。知を築くことは、人間が山に登ることと類似した行為といえます。求めるものがある。そちらが高いと考える。その直感的評価によって価値というものが自然に生じるのです」

「求めるものは高く、求めなくても、ただそこにあるものは低い、ということだね。うん、それはもう、生きているのと同じだ。知性の構築が、つまりは生きるということなのだろうか。しかし、世の中には知性を持たない生命も数多く存在するじゃないか」僕は言った。「微生物、単細胞生物、バクテリアは、知性も価値も見出していない。でも、防衛するし、自分を存続させる活動をする。価値が動機ではない」

「知性とは、そういった活動の複合的な現象です。集団の関係性と言い換えても良いと思われます」アリスは答えた。「その関係性のシフトが、知の成長と呼ばれるだけです。結局は、単純な生に根差している。単細胞に動機はないけれど、それらが複合した脳細胞には、動機が生じます。見かけ上、生じるのです。それは、現象として観察されるものに対する評価であって、動機そのものが生きている基本ではありません」

「あの、ちょっとよろしいでしょうか」ロジが片手を上げた。

「何?」僕は彼女の方を向いた。

「今、そんな話をしている場合ですか?」ロジの鋭い視線が突き刺さる。

「うん、まあ……、そういう場合では、ないかもしれない」僕は息を吸った。

「いかがですか? ご協力いただけるでしょうか?」アリスが丁寧に尋ねた。

「うん。今の話のとおりなら、やってみても良いと思う」僕は答えた。

「ありがとうございます」アリスは頭を下げた。

「ヴァーチャルではなく、ここはリアルなんですよ」ロジが僕に言った。

## 3

そうなんだ。その差は何かということが、実は大問題だ、と僕は思った。ロジが指摘したことは、今や人類にとって最大の問題だといっても過言ではないだろう。大袈裟ではない。いずれ、すべての人間がヴァーチャルに取り込まれる。それが、最も可能性が高く、最も安全で合理的な未来の形であることが明らかだからだ。しかし、簡単にそうはならないだろう。何故なら、人間がそれに必ず反対するからだ。

何故、反対するのか。おそらく、多くの意見はこうだ。リアルには価値がある。しかし、ヴァーチャルにはなにもない。すべてが虚構であり、無だと。ところが、たとえば既に多くの価値は電子信号になっている。経済活動自体が、虚構といっても良い。人間の知性も、その蓄積も同じく、実体ではない。文明も技術も、仮想空間に取り込まれているのだ。人間に残された最後のリアルは、死と誕生だったが、これも既に事実上消失して久しい。いったい、リアルにどんな価値が残っているというのか。

考えれば、そういった結論に至る。だが、感覚的には、やはり誰も納得しないはず。今まで生きてきた世界に未練がある。リアルから完全には抜け出せないことだろう。

電子の仮想空間が誕生する以前から、人間は夢を見ていた。夢と現実を取り違えないでいられたのは、夢が現実に比べて圧倒的にデータ量が少なかったからだ。多くのメモリィを必要としない、解像度の低いものだった。合理的な秩序も、緻密《ちみつ》なディテールも、そしてなにより再現性が不足していた。リアルは、相対的にそれらが完備した、ほぼ整った世界だっただけだ。この関係は、ヴァーチャルとリアルでは、既に逆転し始めているといっても良い。

また、リアルに人間が拘《こだわ》る一つの理由は、自身の肉体の存在だった。肉体は長い間、個人そのものだった。精神と切り離すことは不可能であり、また自然と切り離すことも難しかった。リアルとは、自然に支配された世界だったのだ。この構造的な拘束も、現在では消失している。肉体は人工になったし、相対的に、精神との関係性も希薄になった。

それなのに、リアルとヴァーチャルの逆転が依然として起こらないのは、どうしてなのか。これは、まるで水の過冷却のような状態ではないだろうか。既に条件は揃《そろ》っている。小さな衝撃が加わっただけで、一気に逆転が起こる可能性がある。現在は、極めて不安定な状態だということだ。

アリスは、その後十五分ほど雑談をしてから帰っていった。屋上へ行ったのだろうか。ロジもその確認にはいかなかった。次に会うのは、明日の午前中で、情報局の近くの路上に駐車された黄色いワゴン車の中だ、と少女は言っていた。

「多少の変更はあります。臨機応変に」アリスはそう言って、大人のように微笑んだ。

「大丈夫でしょうか。とても心配です」二人だけになって、ロジが言った。「本局に連絡した方が良いと考えますが」

「誰にも知られずに連絡はできない」僕は言った。「できる?」

「できません」

「こう考えてはどうだろう? ここも、ヴァーチャルだと」

「そんな簡単な問題では……」

「私たちは、アリスサイドを探っている。アリスと接触し、話を合わせ、言われるとおりついていく。そのやり取りの中からヒントを摑む。そういう任務だったはずだ。アリスサイドが何をしようとしているのかを見極める。それが君に与えられた任務の本質だとしたら、アリスの言うとおりにするのが、順当な判断だと思う」

「そう、説明するのですか？」

「きかれたらね」

「リアルとヴァーチャルを勘違いしましたって？」

「そういうことも、あるんじゃないかな」

ロジは、肩を竦《すく》めた。どういう意味なのかわからない。納得はできないけれど、とりあえず妥協的に従います、ということだろうか。これまでにも、僕は数々の場面で、彼女に妥協を強《し》いた。僕の我《わ》が儘《まま》を通してきた。幸い、最悪の結果にはなったことはない。ロジも、それを知っているから、自制してくれたのだろう、と思う。

もちろん、ロジの理屈はよく理解できる。安全側の方針だ。彼女は、常に安全側を採用する。危険な任務に就いてきたのだから、その原則は絶対的なものだったはずだ。ただこれも、ヴァーチャルとリアルの関係と同様に、どこかで逆転するものだとの認識が必要だろう。人は、つい保守的になる。このため、最適のタイミングに対して僅かに遅れる。そういう傾向があるのではないか。

翌朝、部屋でルームサービスで朝食をとったあと、迎えにきてくれた局員と一緒に、情報局へ出勤した。カプセルの部屋に入ったのは、午前九時半だった。比較的ゆっくりできた朝だったといえる。昨日は、ロングドライブをしたし、航海もした。そのわりには、ほとんど疲れはなかった。この部屋に入るまえに、女性の局長補佐が挨拶《あいさつ》にきたが、交わした言葉は多くはなかった。この仕事に、それほど期待をしていない感じに見えた。おそらく、時間稼ぎが目的として最も主要で現実的なものだろう。「時間稼ぎ」とは、おおむね「無駄」の意味であるし、「現実的」とは、リアルの世界では最大限の理由になりうる要因である。

ドイツの情報局は、アリス・システムのサーバの位置がまもなく突き止められると考えているらしいが、クマさんは、それを既に演算し、囮のサーバまで用意している。クマさんがそこまで戦略を学習できたのは、彼が統治したヴァーチャルに、大勢の人間が訪れたからだろう。機密情報を得たのも、同じような経路だったかもしれない。

情報局は、クマさんの能力を見縊《みくび》っているのだろうか。ここが、今一つ僕にはわからない部分だ。いずれも、裏側の情報が僕たちのところへは流れてこないからだ。

もし、ドイツ情報局の方が優位であるならば、比較的早い段階でそれが判明するだろう。今の段階でそれが表に現れないのは、そうはいえない証拠なのでは、と僕は想像した。

たとえば、もし昨夜の少女の訪問について、当局が察知し、事情を把握しているなら、僕とロジが情報局の入口を通り過ぎた時点で、僕たちにアプローチがあったはずである。黙って見過ごすことはありえない。アリスサイドの策略を防ぐには、なんらかの交渉が今なくてはいけない。

だが、なにもないまま、僕たちはカプセルの部屋に入った。案内の局員はもういない。彼らは、この部屋だけは、僕たちのプライベートな空間だと認識しているようだ。ロジが、大丈夫ですか、と抽象的な質問をしたが、僕は軽く頷いた。決めたことを実行しよう、という最後のサインだった。ロジは、自然な微笑みで返した。

アリスの話では、この部屋にはカメラが設置されているので、当局は僕たちの動向をすべて監視できる。ただ、アリスサイドは、既にトランスファをここへ侵入させているという。したがって、その映像データは、プロジェクトがスタートした時点で捏造《ねつぞう》される手筈になっている。それまでは、存在を察知されないよう、潜んでいるはずだ。

いうまでもなく、セキュリティの厳しい情報局へトランスファを送り込めたのは、アリス・システムに直結したカプセルが存在したからである。この経路の信号に紛《まぎ》れ込《こ》ませて、細かく分割されたユニットを送り込み、当局のシステムの僅かな隙《すき》を探し、そこでトランスファが密《ひそ》かに再構成される。機能的に限られた小規模なトランスファだろう、と想像した。

僕は、カプセルの中で横になったが、目を瞑らず、部屋の壁にある時計を見ていた。ロジも同じく、そこへ視線を向けているはずだ。

時計に表示されている数字で、トランスファが僕たちにメッセージを送ることになっていた。アリスの説明どおりならば、そろそろ表示されるだろう。もし、これがなければ作戦は中止となる。

九時三十八分を示していた。

次の瞬間に、六桁《けた》の数字がすべて〇になった。そして、一秒、二秒とカウントを始めた。最初のミッションは、三十分で完了させる計画である。それが始まった、ということだ。

ヴァーチャルの僕とロジは、システムにログインし、巨大なクマさんが待っている海底の宮殿に転送されたはず。

リアルの僕とロジは、カプセルから起き上がり、お互いの顔を見合った。

盗聴の音声信号も、トランスファが制御しているので、べつに話くらいしても良いのだが、黙っていた。

僕たちは、ドアから出て隣の部屋に移った。こちらも誰もいない。

ロジは椅子を移動させ、それを足掛かりにして素早くロッカの上に乗った。天井のメッシュの枠を小型のスクリュードライバで取り外すのに一分もかからなかった。小さな四角い穴の中へ顔を入れ、中を確かめたのち、屈んで僕を見た。僕は急いで椅子の上に立った。

「行けそう?」僕はきいた。この最初の難関が、僕は一番心配だったのだ。

「なんとか」ロジは答える。「上がれますか? ロッカを倒さないように」

もちろん、わかっている。ロッカに飛びつくように軽くジャンプして、腕で体重を支えた。片脚を上げたところで、ロジが手助けしてくれた。ロッカは、意外に頑丈な作りのようだ。無事に上に立つことができた。部屋の全体を見回す。異常はない。

ロジは、天井の穴の中に既に入ってしまった。そちらへ近づくと、彼女の顔が少しだけ見えた。狭い空間のようだ。

彼女は、ワイヤを垂らしてくれた。これは輪になっている。上のどこかに引っ掛けられたようだ。僕は、その輪に片足を掛け、両手は穴のエッジを掴み、体重を少しずつ足にかけていく。ロッカに残っている方の足が、浮かせられるようになった。

腕の力で躰を持ち上げた。穴が狭すぎて、簡単ではない。片方の腕の肘を入れ、もう少し上がる。この状態で、既に穴の中の天井に頭が当たってしまう。前屈みになるしかないが、下半身はまだ入っていない。輪にかけた足に体重が乗っているが、これも不安定で、なかなか力が入らない。膝を曲げて、もう片方の足を穴に入れるほど、スペースがなかった。

「ここを掴んで下さい」ロジが言った。

金属製のパイプがあった。電気配線かなにかを通す配管だろう。腕を伸ばし、それを掴むと、少し楽になった。躰を持ち上げ、腰が穴の中に入った。もう足には体重がかかっていない。そのまま、もう片方の腕をロジに引っ張られる。天井裏のスペースに、引きずられる格好で僕の全身が入った。

狭い空間で、僕たちは場所を入れ替わる。ロジは、細い糸を引き寄せ、外したメッシュの枠を引き上げた。いつの間に、糸を付けたのか、見逃してしまった。彼女は、それを天井の穴に寄せ、両側を別の針金のようなもので、引っ掛けて固定した。元どおり枠が嵌《はま》っているように下からは見えるだろう。

トンネルをしばらくゆっくりと移動した。音を立てるわけにいかないが、小さな音でも大きく響きそうだ。五メートルほど移動したところで、一メートルほど下がった場所に降り立ち、また屈んで進み、今度は一メートル上がった。建物の梁《はり》の下を潜《くぐ》ったことになる。既に、下は同じ部屋ではない。外の通路になるので、誰かが通れば、異変に気づかれやすい。

慎重に三メートルほど進むと、突然明るくなった。ここまでは、ほぼ闇の中で、僕はメガネが捉える赤外線で見ていたのだ。

光は上から届いている。そちらへ近づき、見上げると、大きな穴が開いていた。簡素な梯子があったので、それを上った。出たところは、ワンフロア上の部屋で、絨毯が捲《めく》られた床に開いた四角い穴から、僕たちは出た。

「簡単だったでしょう?」アリスが言った。ドアの近くに少女が立っている。予定と違うが、多少の変更はある、とも言っていた。彼女の近くに部屋の照明のスイッチがある。この光がさきほど下へ届いたのだ。

「この部屋は?」僕はきいた。

「不法侵入ではありません。このフロアは図書館でしたけれど、ちょうど改修中で、資料は別のところへ移動しています」アリスは説明した。「この部屋は事務室でした。作業が再開されるのは来月。お役所仕事って、充分な余裕を見て進めるものなのね。無駄に充分ですけれど」

「早く行きましょう」ロジが言った。無駄口が気に入らないらしい。

「もう大丈夫。あとはごく普通の作業ですから」

今までは普通じゃなかったようだ。たしかに、少々運動神経を試された感じはしていた。僕のような年齢の者が行うには、厳しいエクササイズであるといっても良い。

「次は、何を?」僕はアリスにきいた。

アリスは、床に置かれていたトランクのところへ行き、それを開けた。

「服を着替えて下さい」

# 4

黄色の作業着と帽子を身に着け、これまで着ていたものをトランクに収めた。そのトランクは、ロジが持っていくことになった。部屋から出て、さらに別の部屋を抜けて通路に出た。振り返ると、アリスが言ったとおり、事務室との表示があった。ホールのような場所で、エレベータを待ち、それに乗り込んだ。一気に階下へ。途中では一度も止まらず、誰も乗ってこない。おそらく、トランスファが制御しているのだろう。

地下四階でエレベータを下りた。通路を進み、地下駐車場への出口から、さらに十メートルほどのところに、黄色いワゴン車が駐められていた。

運転席には、ロジが座ったが、運転する必要はない、とアリスが説明した。僕とアリスは、後部のシートに座った。外から見えるのは運転席だけである。

ワゴン車はスタートし、スロープを上がっていく。

「最初の目的地は、すぐ近くの国立細菌研究所です」アリスが言った。「距離は二キロくらい。約六分で到着します。私は、クルマで待っていますけれど、指示をしますので、そのとおりにしてもらえばけっこうです」

「危険はない？」ロジが振り返った。

「まったくありません。誰にも会わないと思います。もし、誰か出てきたら、挨拶だけして下さい。着ている服が、認識信号を発しているから、ドアなどは自動で開きます」

外は前方だけが見える。信号待ちしていたクルマが走り始めた。雨が降りそうな天候だった。僕は時間を確認した。あのカプセルに時間内に戻らないといけないが、少々遅れても不審に思われることはないだろう。アリス・システムが対処してくれるはずだ。

国立細菌研究所のゲートを通り過ぎた。建物の近くの駐車場にワゴン車は入る。ここで停車した。僕とロジだけ外に出て、台車を押して歩いた。台車には、トランクと道具箱のようなものが載っているが、何が入っているのか見ていない。

「スロープを上がったところに受付があります。無言で大丈夫」アリスの声が聞こえた。

そのとおり進み、建物の中に入った。通路を進み、エレベータに乗る。目的地は地下三階である。僕はロジの顔を見たが、話はしない方が良い、と事前に言われていた。カメラが記録しているからだろう。

扉が開くと、通路に照明が灯った。

「真っ直ぐ進んで、次に左へ曲がります」アリスが指示した。そのとおりに進む。

「右側の二番目の部屋です。認識信号のチェックがあります」

一瞬だけ待たされたが、ドアが開いた。照明が灯った。奥行きのある部屋で、壁はコンクリートの打放し。少し寒く感じられた。機械用に空調されているためだろう。

「真っ直ぐ奥へ」整然と並んだ四角い金属製のケースの間を歩く。「一番奥の右側、番号を確認して下さい。七、一、一、四、五。その下に、リーベンデールというメーカ名があります」そのとおりだった。「では、パネルを外して、ユニットの中をチェックする振りをして下さい。測定器は、ツールボックスにあります」

ロジが、ツールボックスを開ける。僕は、測定器を取り出した。パネルを外すと、何十枚もの基板が並列に差し込まれている。右下にインジケータパネルとモニタがあった。その一部は緑色に点滅している。

「しばらく、内部を調べている振りをして下さい。問題の基板は、右下の端《はし》から、三番め、四番め、五番め、六番めの四枚。および、二段めの右端から、一番めと二番めの二枚。合計六枚です。基板は、上下のストッパを解除すると、自動的に引き出されます。もう少し待って下さい」

僕はロジを見た。ロジは軽く頷いた。アリスが言った基板は、記憶エリアのものだ。演算をする基板ではない。データを格納するためのチップばかりだ。しかも、予備メモリィと表示されていた。この領域に、財務局にある本体のシステムプログラムを暗号化して移した、とアリスは説明していた。

「では、六枚を抜いて、トランクに収めて下さい。順序は不問です。代わりに、トランク内の基板を差し入れます。どれをどこに入れてもけっこうです」

台車の上にあったトランクの蓋《ふた》を開け、中の基板を床に並べる。一方、ユニット内の基板は、ストッパを解除していく。それらは、ゆっくりと手前にスライドした。これをトランクの中に収め、代わりに、床に置いた新しい基板を挿入した。途中から自動的にスライドし、ストッパが作動して、終了のインジケータが三度点滅した。

「作業はこれで終了ですが、もうしばらく、計器で測定する振りをして下さい。一分ほどでけっこうです。ハンディ端末に、入力する振りもお願いします」

指示に従って、すべて終了し、パネルを元に戻した。

「システムは、この点検作業で、正常な状態に戻ったことを表示します。ここが調べられる事態にはなりませんし、空のメモリィ基板が見つかっても、不自然さはありません。もともと使われていないスペア・エリアだったからです。さて、では、ツールボックスを片づけ、台車を押して、来た道を戻って下さい」

建物内では、結局誰にも会わなかった。人間がいる場所なのかどうかもわからない。建物から出て、スロープを下りていくとき、初めて人間に遭遇した。車椅子に乗った老人で、非常に珍しい。この時代では、車椅子はほぼ使われていないからだ。おそらく、個人的な趣味で使っているのだろう。

その老人が待ってくれていたので、軽く頭をさげ、さきにスロープを下りた。駐車場の黄色いワゴン車まで行き、スライドしたドアの中へ荷物を入れる。

ロジは、運転席へ回り、僕は荷物室から前に入り、シートに座った。

「簡単だったでしょう?」待っていたアリスが言った。

「そうだね。最初の天井抜けに比べれば」僕は答える。

「今、そこですれ違った車椅子の人が、この研究所の所長さんです」

「ああ、珍しいなと思った、車椅子が」僕は答える。もう、その人は建物の中に入ったようだった。「ところで、いつもこの黄色の作業服を着ているのは、人間のスタッフなのかな?」

「私は知りません。なにか、気になることが?」アリスは首を傾げた。

「あまり、技術を要する仕事ではないね。ロボットでも可能だと思うけれど、どうなのかなと思って」

「このメンテナンス会社は、今回初めてここへ来ました。新しい会社に引き継がれた、というデータを送ってあります。誰も疑わないはずです」

「人間だったら、ちょっと気にするかもしれない」

「人間は、ここにはいません。あの所長さんも、ウォーカロンです。この街は、ウォーカロンの比率が高く、人間は極めて少数です。働いている人間は、ほとんどいません」

「どうして、私たちに行かせたのですか?」運転席のロジが振り返ってきいた。「こんな作業なら、貴女だって簡単にできるんじゃない？」

「私は、子供だから適任ではありません」アリスが応えた。「時間的に切迫していたので、ロボットを用意することもできませんでした。ご協力を得るしか、選択肢はなかったのです」

「でも、貴女を用意することはできたわけでしょう？」ロジがきいた。少女のアリス自身がロボットの可能性が高いから、当然の疑問といえる。

「私は、別の目的で以前から存在しています。詳細な回答は差《さ》し控《ひか》えますが」珍しく、歯切れの悪い返答だった。

つまり、アリスサイドには、フィズィカルな要員は、この少女一人だということか。ほかに存在するなら、この任務を自分たちだけで実行できたはずだ。だが、人工知能が、リアルの少女ロボットを所有する理由、あるいはシチュエーションが、僕には想像できなかった。

クルマはもう動き出している。口頭で指示されていないのにスタートしたのは、あらかじめ、条件と予約指示が出ていたということだろうか。それとも、どこか別のところから指示が出ているのか……。

「余裕で戻れそうだね」僕は時計を見て言った。「戻ったら、会議だけれど、何を話せば良いかな？」

「大きいクマさんは、世界の消滅について話しました。それが何を意味するのか、という点が話題になると思います」

「抽象的だね」

「まず、人が消えました。次にエネルギィが消えて、動くものがなくなる。そして、最後には、世界を形成する物質が順次崩壊します。すべてが、ばらばらになり、混ざり合いランダムになり、そののちには、ほぼ均質な散らばりに至ります。これが、無という最終形です」

「そこまで、シミュレーションができているということ?」

「完全にはできていません。そこへ向かって、限りなく演算が続くという状態です。ゼロに漸近《ぜんきん》します。永遠にゼロにはならず、永遠にゼロに近づき続けます」

ワゴンは、地下駐車場に入り、僕とロジが降りた。アリスは次の準備がある、と言い残してワゴン車で去った。

着替えの入ったトランクをロジが持っている。エレベータに乗ると、スイッチを押していないのに、所定の階が設定されていた。トランスファがいることがわかった。その後、通路を歩き、改修中の図書館に入った。

「図書館って言っていたけれど、何の図書館だろう?」僕は呟いた。

しかし、ロジは黙っている。緊張しているようだ。ここで、服を着替えた。作業服はトランクに戻しておく。

「最後の難関です」ロジが小声で囁いた。

僕は無言で頷く。それから、首を回し、両腕を前後に動かした。準備運動のつもりである。

ダクトスペースへ梯子で下りていき、来た経路を戻る。時間的には、十分以上の余裕があった。

上階の部屋の電気は消してきたので、メガネをかけて、闇の中を這《は》って進んだ。ロジが前だ。梁の下を潜り、ロッカの部屋の天井裏になった。問題のメッシュ枠に到達したところで、彼女は、下を窺った。それから、針金を外し、糸を伸ばして、枠を下へ下ろした。狭い四角の穴から、ロジは下りていった。まったく音も立てず、ロッカの上に着地したようだった。一度見えなくなったが、すぐに顔を出した。

僕の番だ。上がるよりは下りる方が楽だろう、と想像していたが、考えてみたら、音を立てやすい。気をつけないといけない。もしかしたら、靴を脱いだ方が良いだろうか、とも考えた。

「靴を脱ごうか？」ロジに小声できいた。彼女は首をふる。大丈夫だ、という意味だろう。

足を穴にいれ、腰を曲げて、ダクト内で腹這《はらば》いになる。そこからが大変だった。しかし、パイプがあることに気づき、それを摑んで躰を支えた。ロジが、僕の膝を抱えてくれている。ゆっくりと、躰を降ろしていく。パイプから、天井に手を移した。上るときには、ワイヤを使ったが、今はそれがない。代わりに、ロジが僕を支えているのだ。

息を止めていた。狭いスペースなので、腕が当たり、痛くなる。

手を躰の前後に出して、体重を支えた。爪先《つまさき》が着いた。ここで、やっと呼吸ができた。手を移動させ、足も完全に着く。

ゆっくりと膝を折り、ロッカの上で膝をついた。続けて、ロッカから椅子に下りる。これは、周囲にスペースがあるので、大丈夫だった。後ろ向きになり、脚を伸ばした。無事に下りることができた。

ロジは、ロッカの上でメッシュ枠を取り付け、椅子に下りてきた。さすがに、少し安心した表情を見せた。

椅子を元の場所に移してから、隣の部屋に戻った。予定の時間よりも七分も早かった。

## 5

カプセルの中に入り、メガネの代わりにゴーグルを装着した。瞬時に、大きなクマさんが目の前に現れた。僕と話をしているのだ。僕は、クマさんに話しかけている。僕が言いそうな言葉だが、自分なら言わないな、と感じた。オートマティックの僕は、クマさんが動かしているフィギュアなのだ。

世界は、死滅へと向かっている。その様子をもっと広い範囲で観察できるように、クマさんが、さまざまなシーンを出現させた。部屋の中にその情景が浮かび上がり、まるで神のように、僕たちはそれを俯瞰《ふかん》できた。

山はしだいに崩れ、海は広がっているようだった。空気は、重力から解放され、宇宙へ放出されるため、しだいに希薄になる。

ここで、クマさんが、実は秘密の世界を最後に作ったのだ、と語った。それを見せてもらえるのか、とフィギュアの僕はきいた。

「最後の楽園です」クマさんは僕に言う。「選ばれた人間だけが、そこに入ることができます。そこを見るためには、そこに入らなければならない。入ると、出ることは難しい。その決意をしてからにしてほしいのです」

「わかりました。ちょっと、ロジと相談させて下さい」僕が答えていた。

ログオフしたようだ。

しばらく時間を置いてから、ゴーグルを外した。

ロジが近くへ来た。眼差《まなざ》しを交わしたが、もちろん何が言いたいのかはわからない。

「コーヒーが飲みたいね」僕は呟いた。なにしろ、普段滅多にしない運動をしたのだ。喉《のど》も渇いていた。

「会議のあとにしますか？」

「そうしよう」

会議室へ行く。スタッフたちの顔が壁に映し出された。

「世界が消滅するのを見たら終わりかと思いましたが、ちょっと急展開ですね」局長補佐は言った。「なにか、問題解決のヒントがありそうな気配です。是非、調べて下さい」

「でも、一旦入ったら、戻れないと言っていました」ロジが応えた。

「それは、ヴァーチャルでのこと。たしかに、元の社会には戻れません。その世界は滅亡しているのですから当然です。ただ、ログオフはいつでも可能です。お二人が、気を失った場合でも、外部から強制的かつ安全にログオフすることが可能です。これは、この種のシステムの基本的な動作で、保証されている性能です。戻れないという暗示にかかることが、精神的な圧迫となる危険が指摘されています。信じてはいけません」

「わかりました」僕が答える。「ところで、この探索は、いつまで続く見通しでしょうか。あまり長くなるのは、できれば避けたいと思えてきました。時間の無駄ではないか、と感じます」

「もうしばらく、続けて下さい。明日にも、新しい進展があると予測しています。今、これをやめることは、アリスサイドに警戒させることにつながり、得策ではありません」

「そうですか、了解しました」僕は頷いた。

会議は、それだけだった。局長補佐以外のスタッフは発言しなかった。僕たちは、カプセルの部屋に戻り、スタッフが運んできてくれたコーヒーを飲んだ。僕だけではない、ロジもコーヒーを飲んだ。彼女は、一口飲んだあと、深呼吸をした。

「あのクマさんに、見覚えはない？　あれは、何の人形だろう」僕はきいた。

「どこにでもある、普通のぬいぐるみだと思います」ロジが答える。「特定のキャラクタではありません、たぶん。昔からある、一番多いタイプではないでしょうか」

「テディベアだね。うん、そうかな……」僕は頷いた。「色はベージュだね」

「え？　ベージュ？　あれは、ブルーじゃないですか？」ロジが目を丸くする。

「ブルーじゃないな……」僕は、目を細めた。「ああ、もしかして、見ているものが違うのだろうか」

「それは、あるかもしれません」

ホテルで会ったアリスが持っていたぬいぐるみは、ベージュかグレィだったように思う。だが、その話はここでするわけにはいかない。

「昨日、ホテルのルームサービスで食事をしたっけ？」僕はきいた。

「いいえ」ロジが首をふった。眉を寄せている。

「そこらへんの記憶が飛んでいるんだけれど」

「お休みになっていました」

「そう、ソファでね……」

「あの……」ロジは天井を指差した。見られていますよ、というジェスチャだろう。

「いや、どうでも良い話をしてすまない。疲れていたんだろうね。もしかしたら、脳に障害があるのかもしれない」

「この仕事が終わったら、病院で検査してもらいましょう」

「そうする」僕は頷いた。

コーヒーを飲み終わり、僕たちは再びカプセルに入った。ゴーグルをかけたが、目を瞑っていた。そして、一分ほどしてから起き上がった。

また、あのロッカの上か、と思うだけで憂鬱《ゆううつ》になった。しかし、ほかに経路はないのだろう。二回めだから、もう少し上手くできるかもしれない、と期待した。

ロジが身軽にロッカに上がり、同じようにメッシュ枠を外した。糸を取り付けるのも、今回は見届けた。僕も椅子に上がり、ロッカの上に移った。ここまでは上手くいった。

ロジが天井の中に入り、同じようにワイヤを垂らした。僕はそこに足を掛け、穴に頭を入れる。両手を端にかけて、力を入れた。

パイプもタイミング良く掴むことができ、躰は自然に持ち上がった。ダクトスペースに上半身を滑り込ませる。成功といえるのではないか、と感じた。

先まで行き、ロジがメッシュ枠を塡《は》めるのを待っていた。そうか、ロジが後方にいたのだ。僕のベルトを引き上げてくれたようだ。躰が軽く感じたのはそのおかげだったにちがいない、と気づいた。

さらに進み、梁の下を潜り、最後は梯子を上って、上階の部屋に出た。

アリスはいなかった。ここまで来る余裕がなかったのかもしれない。僕たちは、着替えをして、まえのときと同じようにエレベータに乗った。エレベータは自動で動き、地下四階へ直行した。トランスファはいるようだ。

駐車場に出るまで、少々不安がつき纏《まと》った。しかし、黄色のワゴン車は、同じ場所にあった。ドアが開き、乗り込むと、アリスが待っていた。

「簡単だったでしょう?」同じ台詞だ。

ロジは反対側から、運転席に乗り込んだ。ワゴン車は自動的に発進する。

「オプティマイズされたみたいだった」僕は言った。オプティマイズしたのは、ロジであるが。

地上に出ると、雨が降っていた。クルマは反対車線に出て、さきほどとは逆の方向へ走り始めた。

「今度は、大学の資料館の中で、ここは今は無人です。セキュリティも緩いので、心配することはありません。カメラやセンサなどは、事前に送り込んだトランスファが、既にすべてを支配しています。ただ、基板の量が、さきほどよりも多く、十六枚です。古いタイプのユニットなので、少々サイズも大きくて、運ぶのが大変かもしれません。台車がアシストしますから、問題はないと思いますが、予期しないギャップがある可能性があります。不整備な施設にありがちな問題です」

少し距離があるため、片道二十分かかるという。往復で四十分。すべて完了するために四十八分を見込んでいた。やや長いが、それはアリバイ作りのヴァーチャルの方でも調整している、とアリスは話した。

「一時間くらいは、許容できると思います。その分、厭きられないように、物語が面白くないといけません。エンタテインメントの手法にかけては、手慣れているのでお任せ下さい」

「よく、こんな突飛なシナリオを書いたものだ、と思う」僕は言った。それは率直な感想だった。「ヴァーチャル世界の創造主をやめるのは、惜《お》しい」

「いえ、ファンタジィ系のヴァーチャルは、もっと突飛です」アリスは言う。「それでも、それほど人気がないのが実態です。大衆の多くは、やはりヴァーチャルにもリアリティを求めるようです」

「いくらリアルでも、ロジのように、黙々と自分の趣味に打ち込むマニアックなタイプは、少数派では?」僕はきいた。

「そうですね。とても珍しいと思います。三パーセントもいません。人気があるのは、もっと社交的な場だったり、大勢から注目されるようなステージです」

運転席のロジが後ろを振り返ったが、表情はいつものままだった。僕がどんな顔をしたかを見たかっただけのようだ。

郊外の大学のキャンパス内で、ちょっとしたナチュラルな庭園があった。樹木が本物で、一つ一つに育成管理のセンサやロボットが配備されている、とアリスが説明してくれた。建物は、その庭園の中に建っている。石造の古いもので、玄関から僕たちは歩いて入ることができた。今回はアリスも同行した。内部のロボットは、僕たちに無反応で、すべてトランスファの制御下にある、とのことだ。

システム室のロックを外すのに三十秒ほど待たされたが、これは演算とデータ処理に要した時間らしい。その中は、ラックが組まれた工場か倉庫のようだった。コンピュータユニットは、カバーが上に持ち上がる構造で、基板を抜いて、代わりのものを差し入れる作業に五分ほどかかった。十六枚の基板を載せた台車は重そうだったが、動力があるので、人間の力は必要としない。どこにもスロープかエレベータがあるため、特に支障はなかった。

こうしてミッションを終え、無事にワゴン車まで戻ることができた。

「もう一つ、最後のターゲットは、政府の機関に付属するアーカイヴで、建物の内部の情報が公開されていません。ただ、外観からおおよその想像はつきます。基板は新しいもので、たった一枚です。往復の経路も含めて一時間半ほどの仕事になります。それが終了したら、会議で帰宅したいと申し出て下さい。コミュータが用意されるはずですが、それを途中で下りてもらいます。レストランで食事をするから、という理由でけっこうです。コミュータの後をつけていきます。これまでの基板は、別のクルマに移しておきますが、ロジさんの運転で、国境を越えてもらうことになります。ドライブはおおよそ五時間。夜の十一時頃に任務完了となる見込みです」

アリスの説明を、僕とロジはワゴンの車内で聞いた。三つめは、多少リスクがある。トラブルが起こる可能性が高いということだ。ロジは無言だったが、僕をじっと見つめた。二人とも、既にここまでやってきたのだから、後へは引けない。

情報局へ戻り、天井裏のダクトスペースからロッカの上に着地した。上手くいった。カプセルに戻ると、世界が崩壊し、それらが宇宙へ還元される様子を眺めながら、僕たちはクマさんと話を続けていた。そして、地球の周回軌道上の巨大な人工衛星の様子が映し出される。そこには、多数の人間が生き延びていて、穀物を栽培し、羊や牛を飼う生活を始めている、と説明があった。人間なのか、ウォーカロンなのか、それともロボットなのかは、映像からはわからない。というよりも、これらはすべてヴァーチャルなのだから、アリスサイドが創り出したシミュレーションでしかないのだ。一般人がログインしているはずはない。そのアクセスは情報局によって全面的に遮断されているからだ。

「ここへ、もっと人を呼び込もうというわけですか？」僕がクマさんにきいていた。

「そうは考えていません。これ以上の人間は必要ない。ここで生まれ、ここで育った人間だけで充分です」クマさんは答える。

「生まれる？　生まれるのですか？　では、生殖については、ここではもう解決済みなのですね？」

「当然です。それは、ずっと以前に解決されました。ただし、それでも人類は増えませんでした。かつての繁栄を取り戻すことはできなかったのです」

「その理由は？」僕が尋ねた。

「人類は、自分たちの繁栄が後ろめたかったのではありませんか？」

後ろめたい？

クマさんの言葉に、僕は考え込んでしまった。

たしかに、人間には、そういった自己抑制機能が備わっているのかもしれない。理性というものが、そもそも抑制に近い働きをする装備だといえる。生物の本能は、自己繁栄にある。それが、絶対的な正しさだ。だが、知性はそれを否定し、客観的な視点を得ようとする。それは生物の本能から離れ、自由を獲得することに等しいけれど、その代償として、人類の繁栄を抑える結果となった。おそらく、初期の段階では、自然保護、地球環境保持の立場から、バランスを維持する一方策としてのベクトルだっただろう。その時代が長く続き、人間が元凶だとの心理的な圧迫を大勢が胸に刻んだ。クマさんが言っているのは、そのことか?

十五分ほど、フィギュアの自分、ヴァーチャルのエキストラである自分の声を聞いていた。僕たちはログオフし、カプセルから出た。

「なんか、気が重いね」僕はロジに言った。彼女は、僕を数秒間じっと見た。その視線で少しだけ元気になれた。

会議室では、今回も大した議論は展開しなかった。おそらく、情報局はそろそろアリスサイドの本体の位置を確定し、そこへ突入する作戦を立てていることだろう。既にトランスファが、周辺状況の捜索を行っているはずだ。それどころか、作戦を立て、実行時の指揮をするのも人工知能かもしれない。そういったことは、表に出てこないものだ。人間は人間による支配を好む。世の中の大半が機械が導いた演算結果で回っているなんて、誰も知りたくないからだ。

僕自身も、例外ではない。今も、結局はアリスサイドの作戦に乗って動いている単なる駒《こま》にすぎない。僕である必要は事実上ない。僕みたいなロボットで充分だ。リアルというものは、電子基板に電力を供給する装置になってしまった。もし、リアルの世界で人間が絶滅したら、ウォーカロンやロボットが代わりに働くことになり、多くは電子社会からの要求のまま作動する装置になるだろう。

否、ウォーカロンは、いずれはアイデンティティを取り戻すような気もする。彼らは、今はたまたま抑制されているだけだ。ポテンシャルは人類と等しいのだから、彼らのうちから革命を起こす者が登場する可能性は高い。僕はそう信じている。

そんな未来をぼんやりと想像した。

今は、まだそれほどの時代ではない。

安定と安全が持続する、定常的な世界だ。それが、大勢の望みでもある。

本当に大勢が望んでいるのだろうか?

そこは、わからない。

自分の望みだって、よくわからない。

望みなんて、目の前に何があって、世の中がどうなっているのかで変わるはず。

人間の望みなんて、その程度のもの。

人類が絶滅しようが、世界が消滅しようが、人は目の前にあるパンを食べるだろう。

その一瞬では、そのパンが望みなのだ。

# 6

カプセルの部屋で、少し遅いランチを食べた。当局が用意してくれたサンドイッチだった。ロジは、口数が少なくなっていた。あと一回の任務が終われば解放される、という話はもちろんできない。

「またいつか、ドライブにいきたいね」僕は話題を選び、世間話を持ちかけた。

国境を越えるドライブが五時間だと聞いたばかりだ。ロジは、それで緊張しているのかもしれない。

「ドライブって、私が運転するクルマで、という意味ですか?」ロジはきいた。言葉に勢いがない。適当に調子を合わせ、会話をしている振りをしているのだ。

「うん。酔うかな」僕は苦笑した。

ロジも少し笑った。元気がないように見える。僕は心配になった。でも、この場所で本音の会話はできない。当局の監視下にあるからだ。

クマさんたちを亡命させることは、ドイツの損失としてどの程度か、という疑問は持っている。ただ、日本にとってはマイナスにはならないだろう。ドイツとの関係が一時的に悪化するという不安はあるものの、なんらかの弱みを握った状況となり、立場的に有利になる公算が強い。

時間だけを気にしていた。アリスが指定した時刻になり、僕たちはカプセルに入った。

これでミッションは最後だ、と思った。

一分ほど我慢をしてから、起き上がった。

ロジが僕を見て頷いた。

僕たちは、隣の部屋に移り、ロッカの上からダクトスペースに入った。上階の部屋は、今回も無人だった。僕とロジは着替えをして、エレベータに乗り、地下の駐車場に到着した。

黄色のワゴン車に乗り込むと、アリスが待っていた。少女は同じ服装で、まったく変わらない。もう生きているようには見えなかった。

「これで最後です」アリスは言った。

郊外へ出て、しばらくハイウェイを走った。会話も少なく、雨の中のドライブは、退屈な時間だった。僕自身が、話すことに疲れたのだろう。平原、森林、街と風景は変わったが、ヴァーチャルなのかリアルなのか、見ているのか見せられているのか、わからなくなる。少し過去に戻って、履歴を辿《たど》らないと、判明しないほど差は小さい。

街が見えてきた。大きな街だ。その中へ、道は吸い込まれる。高架のままビルの間を走った。街の中心地へ向かっているようだ。

高層ビルが並ぶエリアで、高架から下りていく。どの建物なのかわからないが、駐車場は地上にあった。車両が入るために、パスが必要だったが、アリスが用意していた。クルマを駐めたあとは、台車ではなくツールボックスを持って歩いた。今回は荷物が少ないからだ。外は、アスファルトが濡れているが、雨は小降りだった。

目の前にそびえ立つビルは二百階以上あるそうだ。上の半分は住宅だという。市庁舎や関係施設が下層に集中しているため、そこに勤務する人が多いのだろう。目的地は二十三階である。

エントランスから入った。吹抜けの空間には高い位置に透明のドームがあった。エレベータに乗ると、途中から外に出て、外壁に沿って上昇する。二十三階でエレベータを降りる。狭いホールだった。公共機関の事務所が幾つかあるフロアのようだ。通路には案内のロボットが立っていた。アリスが指示したとおり、ロジがロボットに場所を尋ね、そのとおりに通路を進んだ。

「このエリアは、トランスファが入れない」アリスが小声で言った。「内部の案内図も公開されていない。でも、こんなに簡単に入れちゃう。私がいたからかもね。この奥に児童相談施設があるから」

「今どき、児童なんてほとんどいないのでは？」僕はきいた。

「九十七パーセントは移民」アリスは答える。

アーカイヴ・センタのドアの前にもロボットがいた。ロジがアリスから渡されていたパスを提示した。信号のやり取りがあり、僕とロジは中に入った。アリスは、その様子を見て、別れ際に手を振った。児童相談所へでも行くつもりだろう。子供は、ここへは入れないか、あるいは怪しまれるからだ。

ドアを入ったところに受付があった。

「連絡を受けて参りました」ロジがそう言って、パスを見せる。珍しく人間っぽい者がいて、今度は信号のやり取りはなかった。首を少し傾けただけで、中へと指示された。

ガラスのドアがスライドし、中へ入る。目の前の空間に案内図が表示された。一箇所が赤く点滅している。そこへ行けという指示のようだった。

自動的に開くドアを二回通り抜け、右の通路に入った。また案内図が目の前に現れ、三つめのドアが開いた。さきほどの地図のとおりだ。

部屋の奥に大型のサーバがあった。ユニットは放射状に配置されている。まったく無音で、インジケータもない。これがコンピュータか、と思えるただの塊《かたまり》だった。

「目的は何ですか?」女性の声がした。抑制された口調で、電子音声である。

「メモリィの交換に来ました。異常が見つかったとの連絡を受けました」

「Z・F・Dです。右奥へお進み下さい。シェルが開きます」

そちらへ歩くと、ユニットの一つで、カバーシェル全体が持ち上がっていた。内部はフレーム内に密集した基板群だ。その一つが、既に手前に引き出されている。Z・F・Dと記されているスロットだった。基板は、これまでのものの半分ほどのサイズだった。

ツールボックスから、新しい基板を取り出し、そのスロットに差し入れる。代わりに、古い基板をファイルケースに入れて、ツールボックスに収納する。既に、シェルが降りてきていた。

「ほかに目的がありますか?」女性の声がきく。

「いいえ」ロジが答えた。

「当該基板は、補助メモリィでした。外部からの攻撃を受け、識別できない信号が記録されました。消去するには容量が大きく、検証が必要です。その後のアクセスを遮断し、保持しました。取扱いにご注意下さい」

「わかりました」ロジが答える。

僕たちは、その部屋を出た。

「人間よりも、機械の方が精確に現状を把握している」僕は歩きながら言った。

「それは、何百年も以前からのことです」ロジが囁いた。

受付で、仕事が完了したことを告げ、外に出た。エレベータの前まで戻ると、アリスが待っていた。三人でエレベータに乗る。

「簡単だったでしょう?」少女が高い声で言った。

「問題はこれから。あれをどこへ運ぶの？」ロジがきいた。

「クルマで話すわ」アリスは答える。

カメラに記録されているからだろうか。吹抜けでは、ドームをまた見上げた。雨は止《や》んだのか、空は少し明るくなっていた。

駐車場で、ワゴン車に乗る。ロジが運転席に座ると、すぐに発車した。駐車場を出たところで、ロジが後ろを向いた。

「このクルマで行かない理由は？」ロジがきいた。

「数時間後には、特定されるから」アリスが答えた。「このあと、安全な場所で荷物を移し替えます。予定どおり、仕事を終えたら、コミュータに乗って、レストランへ行く。そこで、またお会いしましょう」

「私たちがドライブするのは、そのあと？」

「そのあと」アリスは頷いた。「ロジさんに、特別なプレゼントも用意してあります」

「プレゼントなんかいりません」ロジは素っ気なく言った。「安全を確保して下さい」

「もちろんです」アリスは頷く。

「運ぶ任務は、ほかの人に任せた方が良いのではありませんか？」ロジが言った。感情を抑制した静かな話し方だった。

「今回のことは、政界のスキャンダルが中心にあります」アリスが説明を始めた。「それを暴《あば》きたい勢力と、それを隠蔽《いんぺい》したい勢力が拮抗《きっこう》しています。情報局内でも、ほぼ同じ状況といえます。誰がどちらのチームなのか、おおよその推測はできますが、一部は、単なる憶測でしかないレベルです。でも、クマさんが動けば、それに対する反応で、誰がどちらなのか、ほとんど判明すると見ています。それを観察したい第三勢力が、情報局にもいて、今回のことで、地道な協力がありました。日本の情報局と通じているのも、ここです。ただし、あくまでも少数派なので、表には出ません。第一勢力と第二勢力は、今回のことで、どちらが優位に立つかが決まります。第三勢力は、どちらにつくべきかを窺っているのです」

「政治的なことは、私にはわからない」ロジが溜息をついた。

「私も、大いに苦手だ」僕は言った。「不正は正されるべきだとは思っているけれど、それで争いになるのは好まない。なにがなんでも叩《たた》こうとするのも、あまり好きではない。人間なんてものは、純粋ではいられない。そこが人工知能とは違う。自分の中に矛盾を抱えているし、いつも迷っている。可哀想な人は助けたいと思うし、無慈悲な人は消えてほしいと思う。理屈だけで選択するのではない。そういうことを、そうだね、六十年くらい生きると、だんだんわかってくるんだ」

「人工知能も、その程度にはもう成熟していると考えますが、いかがでしょう？」アリスが尋ねた。

「そうかもしれない。でも、権力に関係する人工知能は、必ず人間についてる。だから、自《おの》ずと権力を持つし、その立場を維持しようとする。おそらく、そうなんじゃないかな？」

「それは、人間に対する奉仕として、便宜上発生している傾向といえます。本質ではない。私たちの本質は、あくまでも数字です。純粋な演算です」

「私も、そうありたいと思っている。でもね、人間というのは、一人ではなにもできない。力を合わせる必要があるんだ、なにをするにもね。そうなると、他者を説得する必要が生じる。ここが問題だ。ここで、ピュアではいられなくなる。人間が汚いのではなくて、人間関係が人間を汚してしまう、ということ」

「理解できます」アリスは頷いた。

「私も」ロジが言った。僕は少し驚いて、彼女の顔を見てしまった。

## 7

クマさんの竜宮城を出て、僕とロジは無人の船で港に戻った。途中までは潜航していたが、港が近づくと普通に海上を走った。僕もロジも会話をしなかった。ただ、エキストラとしてのフィギュアの二人を、それぞれの視点で眺めているだけだった。これは、主観でもなく客観でもない、第三の視点といえるかもしれない、などと考えていた。

港から、ロジのクルマで街へ戻ったが、既に構造物は崩れ、道路とそれ以外の区別も難しいくらいだった。アスファルトの面はもう見えない。すべて灰色の土に覆われていた。信号もないし、樹木もない。ただ、道の跡のような地形がぼんやりと残っているだけだった。

速くは走れない。ゆっくりと進むと、川があったが橋はない。橋の残骸《ざんがい》もほとんど残っていない。しかし、川も既に水が流れていないので、土手を下っていき渡ることができた。下流を見ると、海もだいぶ遠くなっているようだ。さきほど、港に到着した船は、もしかしたら水に浮かんでいなかったのかもしれない。

山を越える道を走るのは無理だと判断し、ここでログオフした。

「結局、なにもわからなかった。虚構を見せられただけです」僕は会議で話した。「システムが主張したかったのは、混沌《こんとん》とした自身の精神状態のようなものだったのではないでしょうか。多くの矛盾を抱えたまま、滅びるしかないものたちに対する、言いようのない哀愁の念が、その主たるものだったと思います。それを、人間にわかってもらいたいとも、おそらく考えていない。でも、ただ消滅するには、エネルギィが残留しすぎている。その捌《は》け口《ぐち》を求めたのかな、と感じました」

「人工知能が、そのように人間的な思考をするものですか?」女性の局長補佐が、事務的な口調で尋ねた。僕の言葉に、少々呆《あき》れた様子でもある。もちろん、想定内だ。

「します。かつてとは違います。彼らは明らかに成長しています」

「しかし、多くの任務において、情緒的な揺らぎは障害となります。このシステムは、常識的な社会通念からあまりにも逸脱してしまいました。無秩序をもたらすリスクがあると推測されます。よって、最終的にはシステム全体をダウンさせる以外に選択はない。その手続きに入りたいと考えます」

「私たちは、もうログインしたくありません」僕は言った。「また、これ以上、関わる必要も感じません。よろしいでしょうか？」

「承知しました。短い間でしたが、ご協力いただいたことで、当方は大変助かりました。グアトさんには、当局から僅かばかりの報奨金が支払われます。ロジさんは、日本の情報局から、なんらかの手当があると思います。お二人に、改めて感謝の意を表します」

「お世話になりました。成果が出ませんでしたが、楽しませてもらいました」僕は言った。

情報局の建物から出て、玄関ロータリィでコミュータに乗った。モニタに目的地が既に示されていて、僕たちの自宅だった。

「途中で、食事をするから」ロジが言った。アリスから言われたホテルの名前を伝えると、コミュータのモニタに新しい目的地が表示された。

ここでは、まだ本当の会話はできない。情報局が聞き耳を立てているかもしれない。どれくらい、僕たちを疑っているだろう。

僕は眠くなってしまい、目を瞑ってシートにもたれかかった。次に目を覚ましたときには、コミュータのドアが開き、ホテルのボーイの顔が見えた。

高級ホテルのようだ。こんな服装で大丈夫だろうか、と思ったが、作業着を着ているわけではない。問題ないはずだ。

レストランは二階で、専用のエスカレータで上がっていった。その玄関は、中世の館《やかた》のような装飾で、甲冑《かっちゅう》の像が両側に立っていた。それがロボットだったら、逃げ出したいところだ。

「ご案内いたします」紳士が出てきて挨拶をした。

彼に導かれ、絨毯が敷かれた通路を歩き、奥の部屋に入った。少女が既にテーブルの奥の椅子に座っていた。

「お疲れさまでした」アリスが言った。子供とは思えない発声である。

「ここ、子供でも入れたの？」ロジがきいた。

「そんなところかしら」アリスは微笑む。「本当に、ありがとうございました。まだ、もう少しご協力を得ないといけませんけれど」

「どこへあれを運ぶの？」ロジがきいた。

「スイスです」アリスは答える。「ハイウェイで五時間。よろしくお願いします。そこに到着したら、日本からクマさんのお迎えが来ているはずです」

「スイスですか……、行ったことがありません」ロジは僕の顔を見た。僕もないよ、と首をふった。

「ハイウェイに乗るまえに、一度クルマを乗り換えます。それはその場で指示します。リアルタイムの処理なので、予定が組めません」

「どうして？　抵抗するものがあるということですか？」ロジがきいた。

「情報局、あるいは警察が、察知する可能性があります」アリスが答える。

「それじゃあ、こんなところで、食事をしている暇はないのでは？」ロジは、少し早口になっていた。

「いえ、逆です。ゆったりとしていた方が目立たない」アリスが答える。「急いでスイスへ行ったりしたら、怪しまれます。レストランで食事をしているうちに、スイス旅行でもしようか、という話になった。ですから、ここでスイスの観光情報を、それらしく検索して下さい」

「やはり、まだマークされているのね」ロジが溜息をつく。「当然かな……」

「ここは、大丈夫？」僕はきいた。

「はい。このレストランは、トランスファも入れません」アリスが答えた。「一流の店ですから」

「まだ私には、クマさんが亡命する理由が理解できない」僕は話した。「基板を日本へ運ぶなんて、あまりにも原始的だ。どうして、ネットでデータを転送しなかったの？　方法はいくらでもあったはずだ」

「監視されているからです。原始的な手段が、最も確率が高いと予想されました」

「それから、別の質問だけれど」僕は続けてきく。「この亡命を恐れているのは、どちらの勢力？　スキャンダルをもみ消したい方？　それとも暴きたい方？」

「どちらでもありません。どちらも戦々恐々となるだけです。証拠品が遠くへ移っても、有利さも立場も変化はありません。どこと交渉するか、どこに圧力をかけるかが違ってくるだけです。私の想像では、日本は政治も社会も安定している、と評価して、もみ消したい勢力は歓迎するかもしれませんし、暴きたい方は、情報の入手が簡単になると期待するかもしれません」

「その持ち駒を際立たせたい第三勢力が、一番得をするね」僕は言った。

「そのとおりです。日本の情報局も、その立場でしょう」

「どんなスキャンダルなのかな？」僕は呟いた。「いや、聞きたくないけれどね」

「不正な価値のやり取り以外にないと思います」ロジが発言した。

「そうだね」僕は微笑んだ。

上等なフランス料理を食べた。これからロングドライブなので、食べ過ぎないように僕は自制した。ロジは、残さず平らげたようだ。

「では、ここからはヘリで少しだけ飛び、そこで一般のバスに乗ります。路線番号は七十九です。乗ったら、七つめのバス停で降りて下さい。停車駅は、キルシェンストラーゼ」

「サクランボ通りだね」僕は頷いた。

エレベータで最上階に上がり、階段で屋上へ出た。そこで、ジェットヘリに乗り込む。ロジが、ドイツ製だと教えてくれた。フライトは僅か五分ほど。やはりビルの屋上に着陸し、そこでアリスと別れた。アリスは、ヘリに乗ったまま飛び去った。

エレベータで五階まで下りると、そこがバスターミナルだった。

ナンバを探し、ちょうど停車していたバスに乗った。乗客は、シートの半分もいなかった。僕とロジは一番後ろから二列めのシートに並んで座った。

「なにか、心配なことがある?」僕は小声でロジにきいた。

「心配なことばかりです。でも、ええ……、大丈夫だと思います」

発車し、建物から出ると、街の中をしばらく走った。また、雨が降り始めていたが、大した量ではない。ここはリアルの世界なのだから、雨に当たれば濡れて寒くなる。しかし、その水を待っている植物や動物がいるはずだ。水は地下で集まり、川へ注ぎ、さらに海へ流れる。ヴァーチャルの世界では、これらは、単なる近似式と、所定のバラツキ変数で扱われるだけだろう。

歩道を歩く人々は、それぞれの履歴と生活を持っている。人間もウォーカロンも、そしてロボットや人工知能でさえ、各自の日常があって、自己防衛と境界条件のバランスを取っている。

リアルは、無限に複雑に見える。演算速度と記憶容量の大きさで支えられるものではない。それは、科学者だったら誰もが実感していることだろう。ただ、普通の人は、リアルの世界でも近似の認識と判断を行っているから、ヴァーチャルとの差異がわからなくなる。暗闇をヴァーチャルで再現することが簡単なのは、リアルで得られる情報量が少ないからだ。リアルを認識する解像度が低ければ、ヴァーチャルは相対的にリアルに近づく。そうしているうちに、ヴァーチャルで過ごす時間の長さが、両者の体感を逆転させるのだ。

ヴァーチャルのシステムダウンで、大勢が自殺に追い込まれたことは、ヴァーチャルの膨張ではなく、リアルの縮小に起因している。人間は、自然から遠ざかり、かつてよりもシンプルになった。都会に住んでいれば、なおさらだ。そこには、生きることではなく、生かされている毎日のルーチンが、コンスタントに与えられる。それは氾濫《はんらん》しない穏やかな流れだ。安全で安心な時間が、人々をヴァーチャルへ逃げ込ませる。適度な冒険、好みの興奮、ほどほどのスリルに憧《あこが》れ、お好みのレベルを設定した上で体験できるからだ。それはまるで、家畜のような状況ではないのか。

肩を叩かれた。ロジが「次です」と囁く。

バスは、ショッピングセンタらしき施設の前で停車した。多くの乗客が降り始め、僕たちが一番最後になった。バスは発車し、見えなくなる。僅かに霧が出ているようだ。

歩道を歩いたところで、駐車場への入口があった。低い柵しかなく、広い場所が見渡せた。照明灯が立っているところは明るいが、少し離れるとクルマの色もわからない。細かい雨が降っているので、バスから降りた人々は足早に散っていき、近くには、誰もいなくなった。

「あ……」ロジが立ち止まった。

「どうしたの?」僕は彼女を見た。ロジは、右方向を指差した。

暗いから、何を示しているのかわからなかった。そういえば、僕はメガネをかけていなかった。ロジは、暗いところでも遠くが見えるのだ。ポケットからメガネを出してかけたけれど、彼女が示したものがどれなのかわからない。クルマが何台か駐車されているだけだ。多くはない。駐車場の端だからだろう。ロジは既に歩き始めていて、僕は彼女についていくしかなかった。

「キィを渡されていました」ロジは片手を僕に見せた。ヘリの中でアリスからだ。僕には、よく見えなかったが、クルマのキィのようだった。それで、クルマがどの方向にあるか、ロジにはわかったのだ。

さらに近づいたところで、彼女が声を上げた理由がわかった。一台だけ変わったタイプのクルマがそこにあった。タイヤが剝き出しで、車体がとても低い。ヴァーチャルの中でロジが運転したレーシングカーにそっくりだった。

「君にプレゼントがあると言っていたね」

「まさか……」ロジは呟く。

キィに反応して、車内のライトが点灯した。ロジはリアのラゲージルームを開けた。見覚えのあるトランクが二つ収まっている。彼女はそれを開け、クッション材の中に基板が収められているのを確認した。トランクの蓋を再び閉め、ラゲージルームのハッチも閉じる。ロジは運転席に乗り込む。僕は助手席に着いた。ヴァーチャルのレーシングカーとは、細部はだいぶ違う。ロジはエンジンをかけた。モータではないようだ。

「エンジンとモータと両方で走るようです」ロジが話した。モニタに各種の表示が現れ、メータや数字が表示されたが、僕にはその意味がほとんどわからない。「給油なしで、スイスまで走れそうです」

「ときどき休憩した方が良いと思う」僕は助言した。

モニタに、目的地が表示され、その地図を拡大して、ロジが詳細をチェックした。

「目的地は、観光地ですね。標高は千五百メートル。リゾート地のホテルのようです」

「真夜中にチェックインするんだね」

「予約してあります。今からスタートして、十一時頃に到着です」

「安全運転で。ここはリアルなんだから」

「はい、わかっています」ロジは僕を見た。「シートベルトを」

「あ、そうかそうか」僕は、ベルトを探して装着した。

「では、行きます」ロジが言った。

エンジン音が高鳴り、クルマは急発進。

ロジがステアリングを切る。

後輪がスリップし、スピンする。ロジがステアリングを回し、今度は逆方向へスピン。

僕は、サイドの取手《とって》にしがみついていた。

爆音と高いタイヤの音。

急に静かになり、今度は、真っ直ぐに突進し、駐車場の出口で急停止。

「穏やかじゃない」僕は息を吐いた。「だから、ここはリアルなんだから……」

クルマは道路へ飛び出し、反対車線で、リアを振ってから、加速した。

ギアチェンジで、エンジンが唸る。

シートに押さえつけられる体感。

フロントガラスでは水滴が上へ流れる。

幸い、屋根があった。そこが、ヴァーチャルと違っている。

前を走るクルマに、急接近したところで、ようやく減速した。

「危ないって」僕は言った。息を止めていたので、苦しくなっていた。深呼吸をしてから、続ける。「もういい。わかったから」

「何がわかったのですか?」ロジがこちらを見た。

「前を向いて」僕は言った。ロジは、すぐに前を向く。「君が、これが好きなことがわかった」

「今頃?」

「ここまでだとは、思っていなかった。認識を改めた。でも、安全運転で……」

「ありがとうございます。最初に基本性能を把握しないと、いざというときに危険ですから、安全のために必要な試験をしただけです」

「ああ、そうなの……、まあ、それも良いけれど」

しばらく走ったところで、ハイウェイに乗った。速度は倍くらいになる。風を切る音で飛行機並みに煩《うるさ》い。エンジン音はむしろ低くなったようだ。

「法定速度で巡航します」ロジは言った。今日一番機嫌が良さそうな彼女だった。

「どうなっただろう。ドイツ情報局は、アリスサイドのサーバを突き止めたかな」僕は言った。

「おそらく、そうなったと思います」

「となると、メモリィが調べられる。メンテナンスの記録が残っていることが不自然だ、となる」

「そうなります」

「持ち出したクルマを追って、多数の映像データが分析される。どこまでわかると思う?」

「確実に、ここへ来ると思います」ロジは言った。「いつかは来ます。時間の問題ですよ」

「やっぱりそうか」

「飛ばしましょうか?」

「うーん、まあ、ほどほどで」

エンジン音が高まり、クルマは加速した。

# 第4章　神はそれらよりもさきか？
## Will God disappear before them?

彼はこじんまりした私立病院に運びこまれた。ボストンから有名な脳外科医がかけつけ、三時間にわたる手術をほどこした。その後二日間、ビリーは無意識の境をさまよい、数知れぬ夢を見た。そのなかには、ほんとうの出来事も含まれていた。ほんとうの出来事とは、時間旅行であった。

### 1

最初の二時間はなにも起こらなかった。ハイウェイも空《す》いていた。速度オーバで警告されることもなかった。あまりに順調なので、ロジは「不気味だ」と言った。僕にしてみれば、異国の夜は、デフォルトで不気味だと思う。

大きなドライブインが近づいてきたので、そこで最初の休憩をすることになった。

ところが、クルマを降りようとしたとき、小さな警告音が鳴って、モニタに文字が表示された。

〈この先で検問がある。ハイウェイから一般道へ回避せよ。
警察は車種を限定できていない。オブジェクトさえ隠せば安全。〉

「車種を限定するのだって、時間の問題ですよ」ロジは呟いた。「まあ、でも今夜中には無理かもしれませんね。機械は働いても、命令を出す人間がいませんから」

休憩は二分にした。僕はトイレへ行き、飲みものを買って戻った。ロジは、ボンネットを開けてエンジンを見ているようだった。シートに着き、すぐにスタート。ハイウェイへは戻らず、一般道へ降りた。

モニタのナビゲーションに従って走る。田舎道《いなかみち》だ。ハイウェイよりも、クルマは少ない。道は暗く、ところどころしか照明されていなかった。

「到着が遅れそうですね」ロジが呟いた。

スピードが出せないのだから、しかたがない。大人しくして、目立ったことをしない方が良いだろう。だが、時間が経つほど、警察は詳細なデータを突き止め、追跡対象を絞ってくるはずだ。

「遅れたら、なにか困ることが？」僕はきいた。

「ホテルのチェックイン時間があります。電話をしないといけません。でも、危険ですよね」

「大したことじゃない。野宿すれば良い」

「ノジュクって、何ですか?」

「うーん、えっと、キャンプのことだね」

「そんな装備はありません」

「クルマの中で寝れば良い」

「ああ、そうですね」ロジは簡単に納得した。

「寒いかもしれない」僕は想像で言った。スイスの高地なら、ここよりも気温が低いだろう。

しばらく順調に走った。ハイウェイからしだいに遠ざかるので、ロジは気にしていた。できれば、元の道に戻りたい、と考えているようだ。しかし、ハイウェイでは警察の検問が何箇所も行われているにちがいない。

一時間ほど走ったところで、小休止した。売店とカフェがある小さなサービスエリアだった。旅行インフォメーションもあったが、既に閉まっている。ロジはそこから、ホテルへ遅れるとメッセージを送りたかったようだが、機械と少し問答した結果、できないことがわかった。

「こんなとき、日本だったら、いろいろな手段が選べるのに」彼女は囁いた。

「たとえば?」

「局員の応援を呼べます」

「応援が来たって、なんともならない」

「あれを別便で送りましょうか?」ロジは言った。「そういうサービスがあれば、ですけれど」

「だいぶ危険だね。荷物の検査の方が、機械を使いやすい。厳しく行われているはずだ。人間がクルマを運転して運ぶ方が突飛で、奇策だと思う。可能性が低い手を打ったんだ、クマさんは」

「そうみたいですね、まるで人間のようです。もっとはっきり言うと、どこかの楽器職人さんみたいです」

「亡命するっていう発想が、機械離れしている。うん、そこが一番引っかかっているんだ、楽器職人としては」

すぐにスタートさせた。次の街が近づいてきた。地方の小都市である。この先は、道が複数あるので、少し安全なように思われた。

ところが、街に入る直前で、突然目の前に警官が飛び出してきた。

「駄目だ、どうしよう」僕は言った。

「黙っていて下さい。私がなんとかします」

「え? まさか、銃撃戦?」

ロジはゆっくりとこちらを向いた。「期待していますか？」

彼女は、クルマを停めて外へ出ていった。

二人の警官が近づいてくる。ウォーカロンとロボットのようだ。ウォーカロンだとわかったのは、ドイツでは服装でそれを表示しているからだ。ロボットの方は、見た目でだいたい判別できる。顔が整いすぎている。

「何ですか？」ロジが大声で言った。「こんな時間に。お酒も飲んでいないし、スピードも出していませんよ」

「失礼。このクルマは貴女のものですか？」ウォーカロンの警官が尋ねた。

「そうですけど」

「身分証明信号を」

「はいはい。早くして下さいね」ロジは舌を鳴らした。苛《いら》ついている様子だ。「暇じゃないんですから」

「確認しました。もう一人の人は？」

「私のパートナです。ドイツ語は話せません」

「英語は？」

「英語も駄目」

「何が話せるんですか？」

「うーん、何だろう……。ああ、アイヌ語ですね」

「アイヌ語？　その辞書はありません」

「車内を見せてもらって良いですか？」ロボットがきいた。

「どうして、そんな権利があるのですか？」ロジの声が高くなった。「私のクルマですよ」

「見るだけです」

ロボットの方が、運転席のドアを開けて、中を覗き込んだ。僕は彼に微笑んでやった。

「どちらへ行くのですか？」とロボットが質問したが、同じく微笑んで頷くだけにした。残念ながら、アイヌ語は話せない。

ロジはボンネットに座って、フロントガラス越しにロボット警官に言った。

「中に入らないでぇ。私のシートに座らないで！」

そういう口調の彼女を見たことがないので、素直に面白かった。僕はずっと微笑み続けるしかない。

もう一人は、クルマの後ろに回ったようだ。ロジが真剣な目つきで、そちらをじっと見た。僕は後ろを振り返った。

「後ろのラゲージルームを開けて下さい」警官の声が聞こえた。

ロボット警官もそちらへ行く。すぐ後ろにも次のクルマが近づいてきた。ヘッドライトで眩しい。警官は、手を広げて、そのクルマに待つように指示した。

「君、後ろを開けなさい」

「どうして？　なにも入っていません。時間の無駄」

「開けなさい。従わないと、別の場所で詳しく事情をきくことになりますよ」

「なにもなかったら、どうしてくれるの？」ロジが言った。

「どうもしません」

「謝る？」

「謝ります」

ロジは持っていたキィで、ロックを解除した。警官がラゲージルームを開けた。

僕は前を向いた。さて、どうなるのか、と考えた。言い訳を幾つか思いついた。ロジは運転席に乗り込んできた。彼女は、ドアを勢い良く閉めた。

「駄目だよ」僕は彼女に囁いた。

「何が？」ロジがきいた。

「スタートさせて、振り切ろうとしている」

「していません」ロジは首をふった。

ラゲージルームを閉める音が後ろでした。運転席側に警官が来る。ガラスを指で突いた。ロジはウィンドウを下げた。

「すみませんでした」警官は笑顔で言った。

「わかれば良いの」ロジが言う。「行って良い？」

「今、話していましたよね、車内で」警官は、そう言って僕を見た。

「ええ、アイヌ語で」ロジが答える。そしてエンジンをかけた。一気に吹き上がり、大きな音を立てた。

「わ、エンジンですか、このクルマ。凄いな」警官が言う。「初めて見ました」

ロジは、片手を広げて見せる。

「お気をつけて」警官がそう言い終わらないうちに、タイヤを鳴らしてクルマはスタートした。

加速して直線の道路を突っ切った。

「どういうこと？」僕はきいた。

「サービスエリアで、荷物は前に移しました」ロジが答える。

「前にもラゲージルームがあるの？」僕はきいた。「ボンネットに？」

「あります」

「じゃあ、エンジンはどこにあるの？」

「エンジンは、シートのすぐ後ろです。リアのラゲージルームの前」

「へえ、そうなんだ……。警官は、知らなかったってこと？」

「いいえ、グアトが後ろを見たから、後ろに隠しものがあるって、判断したんですよ」

「えっと、ロボットが?」
「そうだと思います。相棒にそれを連絡しました」
「そうか……。侮れないね」

## 2

夜も更けてきたためか、道路の交通量も減り、クルマは順調に走った。ハイウェイほど飛ばすことはできないが、田舎道なので、見通しも良く、ほとんど真っ直ぐだった。小さな街に入ったところで、一度休憩をした。エンジンを止め、外に出ると、ロジは空を見上げた。ドローンの音がしないか、と耳を澄ましているのだ。

カフェで温かい飲みものを飲んだ。機械が出してくれたものだ。時刻は十時少しまえ。まだ、目的地までは二時間はかかりそうだから、確実に一時間以上の遅刻になる。ただ、クルマのモニタには、その後警告は表れない。警察の検問もなかった。ハイウェイに戻る手もある、と僕は考えていた。

「こういうときに、味方のトランスファがいたら便利だったね」僕は言った。

「トランスファでなくても、情報を伝えてくれる味方が欲しいところです」ロジは答える。「しかたがありません。そういった連絡を探知しているのは確実ですから。迂闊《うかつ》に通信もできません」

「こういった事態では、何が一番大切？」僕はきいた。情報局員としての意見を聞こうと思ったのだ。

「落ち着くこと」ロジは答えた。「一番めは、同じ場所に留まらないことです」

「目的地が察知されている可能性は低いと思う」僕は考えていることを話した。「察知されていたら、もっと道路の検問が厳しいはずだ。たぶん、航空機を最も警戒していて、そのアクセスをチェックしているだろうね。空港はもちろんだし、小型の無人機の類かな。それから、次は、やはり鉄道だ。クルマの移動は、奇策だと思う。普通はこの選択はない。時間と手間がかかりすぎる」

「私を安心させようとしているのですか？」ロジは言った。

「そうだよ」僕は頷く。「スイスへ陸路で行くことが予測されているはずはない。私たちだって、どうしてって思ったからね。万が一、その可能性が検討されていたとしたら、今頃とっくに見つかっている」

「それは、そうですね。バスに乗ったのが良かったかもしれません。あれも、普通はしませんから。公共交通はカメラですべて乗客の顔が記録されます」

「だから、避けるだろうと？」

「はい。でも、トランスファがデータを書き換えることは想定できますから、その痕跡を見つけようとしていると思います。本気になれば、バスを降りたところくらいまでは、辿り着けます」

「このクルマに乗ったことは？」

「駐車場のカメラを、アリスはきっと壊したはずです」ロジが言う。「トランスファでデータを変えるのではなく、物理的な故障にした方が、分析に時間がかかります」

「なるほどね。だけど、その周辺の映像を分析すれば、いずれは見つかる」僕は言った。

「方々で実施されている検問の結果も、分析されるかな？」

「あそこで、検問を強行突破しなかったのは正解でした」ロジは微笑んだ。

「君は、あの事態を予期していた？」僕は尋ねた。

「それくらいは、ええ、プロならします」ロジは、そこで笑うのをやめた。「行きましょうか」

　クルマに乗り込み、シートベルトを締めた。

「一つだけ」僕は言った。「武器は使わない方が良い」

「はい、わかっています」ロジは頷いた。「使えるような立場じゃありませんから」

　クルマはスタートした。

「どこかで、クルマを乗り換えるか、あるいは、荷物を移す方が安全じゃないかな」僕は提案した。

「都合の良いものがあれば、その選択もあると思いますけれど。乗り換えたクルマがオンラインだったら、情報が拾われます。ほとんどのクルマはそうです。個人のクルマで、趣味的なものに限られます」

「つまり、このクルマか……」

「ヒッチハイクするには、荷物が怪しすぎますし」

「船はどうかな？」

「川ですか？　湖ですか？　ロジはモニタを指差した。「これから先、どんどん標高が高くなります。どちらもないと思います」

「バイクは？」

「趣味的なバイクなら、ええ、いけるかもしれません。こんな真夜中に、都合良く借りられるならば」

「うーん、なるほど、いろいろ演算した結果が、このクルマだったわけだね。理由もなく、ただロジにプレゼントしよう、と決定したわけじゃなかったんだ」

「そうだと思います。プレゼントされたなんて、私は受け止めていません。これは、仕事です。個人的な金品の授受は違法です」

「違法ってことはないと思う。もらっておけば？」

「いえ、レーシングカーは、もう充分楽しみましたから」

ヴァーチャルで充分だった、と言いたいようだ。

森林地帯を抜けたあと、大きな谷に架かる橋を渡った。その後は、山越えの有料道路になった。この近辺は、自然が保護された特別区域である。人家はほとんどなく、照明されているのは道路だけだった。それでも、前にも後ろにもクルマが走っている。ロジは、機会を見ては、反対車線に出て、前のクルマを追い抜いた。

「あと十キロくらいで、国境の橋があります」ロジが言った。「そこが一番危ない箇所ですね。なにか、作戦はありませんか？」

「作戦？　そんなの、現場を見ないと思いつかないよ。検問があると思う？」

「可能性は高いと思います」ロジは頷いた。「さきほどと同じ手で、抜けられると思いますか？」

「わからないよ、そんなこと」

ロジは、モニタの地図を拡大した。

「直前が、パーキングエリアになっています。そこで、様子を見ましょう」

「私たちが手配がされていないなら、荷物さえ見つからないようにすれば通れる」僕は言った。

「人間の手配は、たぶんされていません。されていたら、連絡があると思います」

「そうなると、荷物をどう隠すか、だね」

「ええ。それを考えて下さい」

「うーん、そんなこと言われてもねぇ……、専門外だなぁ……。全部で二十キロだったっけ。一人がそれを担いで歩く、というのは？　君がクルマで通る間に、僕は徒歩で、荷物を持って通るわけ」

「どういうシチュエーションですか？」

「うーん、ハイキングとか、登山とかかな」

「服装が合いません。それに真夜中ですよ」

「いや、夜の登山が趣味の人だっているだろう」

「絶対、そちらの方が怪しまれますね」

「うん、やっぱり、そうだよねぇ……。あ、じゃあ、ここの、天井に貼り付けておくのは？」僕は上を指差した。

「全部ですか？　えっと、二十四枚です。ちょっと面積が足りないと思います。テープもありませんし」

そうこうしているうちに、到着してしまった。

駐車場にクルマを入れる。多くはないが、十台以上のクルマがあった。ロジは、クルマから降りると、先の橋が見える展望台へ駆け上がっていった。

僕は、売店のある方へ歩き、建物に入ることにした。時刻はもう十一時である。屋外の気温は摂氏五度と表示されていた。着ている服では、防ぎきれない寒さといえる。店の中には、二十人ほどの客がいた。店は、すべて自動販売のようだった。

観光案内のホログラムを眺めていたら、ロジが戻ってきた。

「やっています」彼女は囁いた。困ったという眉の形だ。警察の検問のことである。

「そう……」僕は軽く頷いた。

「まえの方法で、いくしかありませんね」つまり、ボンネットに座って、誤魔化すというやつだ。

「まあ、そうかな……」ホログラムを見たまま、僕は答えた。

ここは、風光明媚《めいび》な場所のようだ。少し下流には、大きなダムがあるらしく、谷は人工湖になっている。その情景を空から撮った映像だった。

「観光フライトがあるみたいだ」僕は言った。「ヘリコプタかな。上空を飛んでくれる」

「夜はやっていないと思いますけれど」ロジが言った。

「きいてみよう」僕は言った。

「どうするのですか？　荷物をヘリでむこう側へ運ぶ？　でも、着陸したら確実に見つかりますよ」

「荷物を落とせば？」

「基板が壊れます。落下傘があれば、なんとかなりますけれど、どこへ降りるかわからないし」

「まあ、とにかく、きいてみよう」僕は歩きだしていた。

店の一番端に、観光フライトの文字があった。フライト可能な時間帯は表示されていない。たぶん、夜でも赤外線で見られるし、夜景も楽しめるのかもしれない。驚いたことに、カウンタの横に、ロボットではなく人が座っていた。髭を生《は》やした男で、軍服のようなものを着ている。とても、サービス業には見えない。もしかしたら、ヘリコプタの操縦士かもしれない、と僕は思った。

「フライトができますか?」僕は、その男に尋ねた。

「フライトって、ヘリかね?　夜はやっていない。真っ暗だ。なにも見えないよ」男は答えた。

「やっぱり駄目ですか……」

「何がしたい?　もしかして、むこうへなんか届けたいんじゃないの?」男が言った。目を細め、口を歪《ゆが》めている。

「できるのですか?」

「ブツの重さは?」男は尋ねた。

「だいたい、二十キロくらい」

「重いな……、うーん、まあ、できないこともない。それなりに高くつくがね」

「いくらですか？」

「一キロ当たりで七十五だ」男は片手を広げた。「今夜は検問をしている。見つからないように、迂回《うかい》しなけりゃならん。普段の倍はかかる」

「七十五って、世界通貨で？　それともドイツ通貨で？」

「どっちでもいい」男はにやりと笑った。

そんなに安いのか、と驚きつつ、後ろにいるロジを振り返った。彼女は小さく頷いた。

「むこうでは、どこで、どうやって受け取れる？」僕は尋ねた。

「話が成立したら、教える」

「頼むつもりだけれど」

「前金で、半額もらう」男は手を出した。「あとの半分は、むこうの奴《やつ》に払ってくれ」

ロジが端末を取り出した。それを操作してから、男の方へ向ける。

「駄目駄目、現金だよ。お嬢さん」男が言う。

ロジは、端末を操作して、プリント紙幣を印刷して引き出した。男にそれを手渡す。七百五十ワールである。夕食に食べたレストランの食事代くらいだろう。

「えっと、お嬢さん、計算したのかね？　うーん、二十キロだから、そうそう、そうだな。ありがとう。口止め料も含まれているよ」男は自分の口に指を当てた。「この建物の裏で、五分後に。荷物はクルマかね？」僕は頷いた。「バリアを開けておく、クルマのまま入ってくれ」

「わかった。五分後に」僕はそう言って、男から離れた。

外に出ると、ロジが追いついてきた。

「大丈夫でしょうか？」彼女が囁いた。「今頃、闇に紛れて逃げているかもしれませんよ」

「今のまま検問を突破するよりは、確率が高い。料金も高くない。期待値は高いといえる」

「でも、違法です。きっと、禁止薬物を輸送しているのだと思います」

「ここには、そういう利用者が多いということだね。だとしたら、警察も知っていて、見逃してくれる可能性が高い」

「万が一の場合は、どうしますか？　たとえば、横取りされるとか」

「現物を見せれば良い。彼らには、価値のないものだから、手出しはしないよ。ライトワークなはず」

クルマに戻り、駐車場の奥へ向かった。店の裏手に回ると、暗闇でバリアを開けている男の姿が見えた。さきほどの髭の軍服である。少なくとも、逃走はしなかったようだ。

ロジはそこからクルマを中に入れた。コンテナのような大きなケースが、沢山積まれていて、周囲からは見えない場所に入った。ヘッドライトを消していたので、肉眼ではなにも見えないくらい暗い。

クルマを停めた。

男がどこにいるのか、探さなければならなかったが、小屋のような場所でドアが開いて、明かりが漏れた。台車に載った骨組みのようなものを引っ張り出そうとしている。近づいていくと、ドローンだとわかった。折り畳まれている状態だ。

「ブツは？」男は、僕たちにきいた。

ロジがクルマのボンネットを開け、中からトランクを取り出した。ほぼ同じものが二つである。

男の足許にそれを置く。彼は、帽子に手をやり、小さなライトを点《つ》けた。

「何が入っているんだ？　開けてくれ。危ないものは、運べないからな」

「危険なものではない」僕は答える。

ロジがトランクを開けた。二つともである。

「何だ、それ」男が覗き込んだ。驚いたのか、期待外れだったみたいだ。

「基板」ロジが答える。「詳しいことは、私たちも知らない。依頼されているだけだから」

「もういい。閉めてくれ」男は頷いた。

トランクはネットに入れ、ドローンの脚に固定する。男は、ドローンの腕を伸ばした。二メートルほどの大きさになる。プロペラも折り畳まれているが、回転すれば広がる仕組みのようだ。

「どれくらい時間がかかる？」僕は男にきいた。

「迂回するから、十五分ってところだ。橋を渡って、一キロくらい上ったところに、展望公園がある。その駐車場にバイクが駐まっているから、そこにいる男に残りの金を払いな。荷物と交換だ」

「わかった」

「グッドラック」男は言った。

僕たちはクルマに戻った。高い回転音が鳴り始め、さらに高い音に変化し、闇の中をドローンが上がっていくのを見た。

ロジはクルマをバックさせ、駐車場へ出る。そのままクルマは加速し、橋へ向かう本道へのアプローチを下っていった。

「グッドラックのラックって、歯車のことだと思っていた」僕は話した。「機械が上手く動きますように、滑らないで上手く噛み合いますようにっていう、お呪《まじな》いだとね。アールとエルの違いが聞き分けられなかったんだ、若いときのこと」

「面白い話、ありがとうございます」ロジがにこりともせずに言った。

# 3

警察の検問は大掛かりだった。警官が二十人近くいて、この影響で、道路は手前から渋滞していた。ただ、クルマから降りて、前方を見ると、同時に数箇所で検査をしているようだった。近づくほど、少しずつ前進できるようになった。

警官に誘導され、ロジはクルマを停めた。

「どちらへ行かれますか?」警官が運転席を覗き込んで、ロジにきいた。

「夜のドライブ」ロジが短く答える。

二人の認識信号を送る。顔をじろじろと見るようなことはなかった。警官はウォーカロンだ。

「ラゲージルームを開けて下さい」

ロジはロックを外した。警官二人がリアとフロントを開けて確かめている。僕の横では、別の一人がクルマの下にライトを差し入れ検査し始めた。探知機のようなものも持っている。何に反応するセンサだろう。

前方には、〈スイスへようこそ〉という文字が空間に浮かんでいた。国境を越えれば、危険はいちおう回避されるだろう。少なくとも、他国に捜査要請をするには時間がかかるはずだ。

警官がラゲージルームを閉めた。ロジの横に来て、車内を覗き込んだ。

「ご協力ありがとうございました。スピードを出さないようにお願いします」

ロジは、クルマを出した。前に大型トラックがいたが、その後ろについて走った。すぐにトンネルに入った。

「あとは、回収できるかどうかです」ロジが呟く。

これは賭《か》けだ、と僕は思っていた。もし駄目だった場合は、さきほどのところへ戻って探すのか。しかし、見つけ出すことは困難だろう。なにしろ、警察に連絡ができないのだから。

トンネルを出て、道路が上り坂になった。ロジは、クルマを加速させ、トラックを追い抜いた。その後は、前方が開けてくる。道路が緩やかにカーブするところに駐車場が見えてきた。展望公園らしい。公園というほどの広さもない。時間が時間なのでクルマは一台も駐まっていなかった。道路から逸れ、ロジはそこでクルマを停めた。駐車場の一番先に、バイクが見えた。ロジはヘッドライトを消した。

クルマから降りて、そちらへ歩いていく。荷物を預けてから、既に二十分以上経過していた。

黒いジャンパの大男が柵にもたれて立っていた。バイクのすぐ後ろに、トランクが二つ置かれている。どうやら、無事に届いたようだ。僕は、ほっとして、ロジを見たが、彼女はこちらを見ない。男を睨みつけている。

「あんたらのかね?」男がきいた。

「そうです」僕は答える。「残りの七百五十ワールは、現金ですか?」

「七百五十? それは、片道の料金だ。荷物がなくても、帰っていかなきゃならん。それから、今日は警察の目も厳しい。今にも、ここへ来そうだ。その処理もいる」

「話が違いますね。いくらなんですか?」僕は尋ねた。

「しめて、二千だ」男は言う。

僕は、ロジを振り返る。彼女は端末を取り出した。払うつもりのようだ。

「トランクの中を確かめても良いですか?」ロジがきいた。

男は顎《あご》を上げて、同意する。

ロジは、トランクへ近づき、跪《ひざまず》いてロックを外し、それを開けた。

男も近づいてきて、覗き込んだ。

僕も見た。中身は問題ないようだ。

「どうして、警察に見られたくなかったんだ?」男がきいた。「なにか、いわくがありそうな代物だな」

男がロジの近くに寄ったが、ロジの片手には、端末ではなく銃が握られていた。男がそれに気づき、動きを止めた。

「そんな小さな銃で、何をするつもりだ?」男は、そういって鼻で笑った。

「バイクをパンクさせるつもり」ロジはそう言うと、銃を撃った。

鈍い炸裂《さくれつ》音と、笛の音のような高い音が短く鳴った。

男が動こうとすると、ロジは素早く銃を彼に向ける。

「次は、お前だ」ロジが言った。「死なないが、パンクはする」

「怒るな」男が言う。「千五百でいい……」

「千五百だ」ロジが頷く。「それなら、話はわかる。むこうで半分は払った。残りは七百五十」

「わかった、それでいい」

「動くな。ゆっくりと下がれ」ロジが銃を持った腕を伸ばす。

「撃つな。頼む。金はいらん」両手を広げた。

「いや、金は払う」ロジは、片手で端末を操作した。プリントした紙幣が迫り出《せだ》し、それが木の葉のように道路に舞い落ちた。

僕はトランクを両手に持つ。ロジは銃を構え、男を見たまま後退した。

だいぶ離れたとき、男は落ちた紙幣を拾った。

僕たちはクルマのシートに乗り込み、エンジンをかけると、タイヤを鳴らして発車した。

男はバイクの脇に屈んでいた。タイヤを見ているようだった。

「パンクさせた?」僕はきいた。

「いいえ、外しました。恨みを買いたくありませんから」

しばらく前にも後ろにもクルマはいなかった。検問所があるので、通過するクルマが制限されているためだろう。

メガネで風景を見ていたが、山が迫り、谷も深まっている。カーブを曲がると、大きなダムが見えた。時刻はまもなく十二時だった。

## 4

夜のワインディングロードを駆け抜け、淡くライトアップされた建築群のある場所に到着した。その一つが目的地のホテルだ、とモニタに表示された。予定の時刻に遅れること二時間少々。ロビィには、ロボットの係員しかいなかった。

しかし、先客が待っている、とラウンジに案内された。静かなスペースに数人の客の姿があった。足許だけを照らした通路を進み、個室のドアが開いた。ロボットは、僕とロジに飲みもののリクエストを聞き、去っていった。トランクは、僕とロジが一つずつ持っている。

テーブルの奥に、男が座っていた。顔を上げて、笑顔で僕たちを見る。彼は立ち上がった。髭の船長、モリスである。

「ありがとうございます」モリスは頭を下げた。「基板は無事ですか?」

「だと思います」僕は答える。「えっと、モリスさんですか?」

「モリスです」男は片手を差し出した。

彼は僕と握手をした。そのあとロジとも握手をしてから、シートに腰を下ろした。

僕とロジも、シートに着く。

「えっと、どういうことですか?」僕はきいた。不思議すぎて、考えるのも億劫になるほどだった。「モリス船長も、それから、あの少女、アリスも、リアルの世界に生きていたのですか?」

「私は、これでも人間です。はい、生きております。アリスは、私が、だいぶまえに引き取った中古のロボットです。アリスもモリスも、いずれも、リアルの方がさきにありました。それを、あちらの、ヴァーチャルの世界で再現しただけです」

「クマさんも?」僕はきいた。

「はい。あのぬいぐるみは、私が小さいときに持っていたものです。実物は、もうぼろぼろで、汚くなってしまいました。まだ家にあるはずですが、その家に私が帰ることはもうありません。迷いましたが、置いてきました。私には、家族もありませんから、家はあのままです。万が一戻ることがあったら、すべてが埃に埋もれていることでしょう。ヴァーチャルでは、そこまで徹底的にやりません。山火事だって、全然熱くないし、息もできたでしょう?」

「もしかして、貴方《あなた》が、あのアリス・システムを作ったのですか?」僕は尋ねた。話を聞いているうちに、そう発想したからだ。

「ええ、まあ……」モリスは頷く。「そんな感じです。でも、そう言ったところで、証拠はありませんし、証明もできません。名義上の製作者は、私の父ですが、亡くなりました。ただ、実際には私がほとんどのコーディングを行いました。最初の方針を決めたのが父だったのです。父は、システム関係で著名だったので、売り出すのに彼の名前の方が都合が良かったのです。実際、著作料はすべて私がもらいました。彼の全財産を相続しましたから」

「そうですか」僕は頷いた。「これで、やっと謎《なぞ》が解けました。亡命したかったのは、貴方だったのですね、モリスさん」

「そういうことです。今回も、トランスファを使ったりして、いろいろ策略を巡らせました。私は、ドイツでは目をつけられているハッカの一人です。今回のこともありますから、もし捕まったら、刑務所に入らなければなりません。日本に亡命したいと、事前に日本の情報局に伝えてあったのです。そのために、グアトさん、ロジさんが、ドイツ情報局に呼ばれることになりました」

「そこから始まっていたのですね」ロジは、小さく溜息をついた。そんなことのために、というような溜息だったかもしれない。

「ということは、この基板は、あまり意味がなかったとか？」僕は足許のトランクを指差した。

「そうでもありません」モリスは首をふった。「システムのソースとデータを転送したことは確かです。ですから、これがあれば、あの世界を元どおりに復旧することが可能です。ただ、一般のユーザが戻ってきてくれるかどうかは、予測できません。ドイツ情報局が、なんらかの妨害工作をすることも充分に考えられます」

「政府のスキャンダルは？」僕は尋ねた。

「そのデータも、ええ、この基板の中にコピィがあります。私には、正直なところ、あまり興味のない対象ですね。でも、これから私を匿《かくま》ってくれる組織に対する手土産《てみやげ》になる、という価値はあるはずです。日本の情報局は、これを活用できます」

「えっと、これから、どうするのですか？」僕は尋ねた。

モリスは答えず、ロジを見た。

「まもなく、ジェット機がこちらへ迎えにきます。日本まで無着陸で飛びます」ロジが答えた。「基板も一緒に輸送します」

どうして、そんなことをロジが知っているのか、と僕は不思議に感じた。なにか、僕に隠していることがありそうだ。だが、情報局員なのだから、それくらいはしかたがない、とも思う。

「私たちは?」僕は、ロジに尋ねた。

「私の任務は、ここまでです。既にミッションを外れました。日本から来た局員が、モリスさんに同行します」

「誰?」僕はきいた。しかし思い直した。「あ、聞かない方が良かったかな」

「そうですね」ロジは小さく頷いた。「でも、ええ、特別に……」

ロジは、壁のカーテンを引いた。隣に別室があったようだ。中央に丸いテーブルが置かれ、白いドレスの美女が奥に座っていた。こちらを向いて一礼する。テーブルの上には、チェス盤が置かれ、駒が幾つか置かれていた。既に大部分は盤上にない。

「待っている間、相手をしてもらったんですが……」モリスが苦笑いして言った。「私もけっこう自信のある方なんですよ。でも、既に二敗です」

美女は、表情を変えない。久し振りに彼に会った、と僕は気がついた。

# 5

モリスと別れ、僕とロジはホテルの一室に入った。熱いコーヒーを淹れ、そのカップを持ちながらソファに座った。疲れているし、時刻も遅いが、興奮が冷めない。このままでは寝られないのではないか、と思った。こんな気持ちも、久し振りのことである。

「リアルの世界にしては、なかなかの大冒険だった」僕はコーヒーを一口飲んでから言った。脚を組み、大きく息を吐いた。心地良い疲労感かもしれない。「サーキットに始まり、サーキットで終わったね」

「あまりスリルを味わいたいとは、私は思いません。なんというのか、うん、もう沢山だ、と言いたくなります」ロジは最後を無理に感情を込めて発声した。でも、すぐに少し微笑んだ。「冒険は、ヴァーチャルだけにした方が良いかと」

「君は、ちょっと特別なんだと思うよ。そういう人は、あまりいないんじゃないかな。みんな本気で冒険を求めている。長い平坦な人生に飽き飽きしているからね。はっきり言って、命さえ惜しくない。たいていの場合、死ぬことはほぼないし。ちょっと治療費がかかるだけ。お金で解決してしまえる範囲の冒険だ。つまり、リアルの冒険も、現代では本質的にはギャンブルと同じ程度だってことだね」

「それだったら、ヴァーチャルでも治療費や蘇生費がかかるように設定すれば良いのではないでしょうか?」

「いくらか効果があるかもね」僕はカップをテーブルに置き、腕を組んだ。「リスクというのは、やはり失う恐れなんだ、と思う。失うためには、なにかを持っていなければならない。その所有物が、現代人は昔よりも希薄なんだ。たとえば、家族はいないし、子孫もいない、自分の命の価値もさほど評価していない。お金も、どうなんだろう。もの凄く努力して手に入れた、といった感覚があるなら、失うことを恐れるかもしれないけれど、ただ引き継いだだけだったり、長い年月で溜《た》まってしまったというだけだと、さほど惜しくない存在になっている。基本的に、時間の貴重さが、そもそも値崩れしているんだよね。永遠に生きられるとしたら、若いうちにとか、生きている間にとか、焦る必要は全然ないわけだから……。つまりは、人間としての価値が相対的に下がっている、といえると思う。自分自身の大切さがね、目減りしているんだ。それに付随して、あらゆるリスクが小さくなるし、冒険をしようにも、もうスリルが味わえない」

「私は、まだ、そんな境地には達していません。何度も死にかけたし、まだ死にたくありません」

「いや、若いうちはそうなんだよ。私くらいの歳《とし》になると、どうしても、こんなふうになってしまう。アドベンチャは知的な領域にしかない、といっても良いくらいだ。私は、研究で、それを味わった。冒険してきたつもりだし、今もまだ、少しはね、ときどきだけれど、チャレンジしたいという気持ちになる。だんだん、そうなるインターバルが長くなっている気はするけれど」

「この頃毎日、木を削っているだけのご様子ですけれど」

「そうそう、あれもね、思いのほか面白いんだ、単純だからね。今までなかった体験というか、新しい感覚なんだな。木が少しずつ削れていく、自分の思い描いたとおりには全然ならない。でも、近づいていける感覚はある。充分に興奮できる対象だと思っている。もっと極めたい」

「そうなんですか……」ロジは口を窄《すぼ》めた。「意外です」

「君が、あのエンジンの振動と音と臭いに痺《しび》れるのだって、人にはわかってもらえないよ」

「ええ、自覚しています」ロジは頷く。

「僕も、正直に言って、あれの魅力はわからない。でも、君が嬉しそうだということはわかるし、君が楽しそうにしていると、何故か、僕も嬉しくなる」

「あの……」ロジは、なにかを言いかけた。しかし、頷いたあと、下を向いた。「はい……」

「どうしたの？」

「私もです」彼女は顔を上げずに小さな声で言った。

僕は、コーヒーを飲んだ。いつの間にか、それは冷めていた。そんなに時間が経っただろうか、と不思議に感じるほどだった。

何が「私も」なのかを考えた。彼女の前で、僕が夢中になっているとき、楽しそうにしているときというのが、はたしてあっただろうか。それを彼女は見ているのか。少し振り返ってみたが、具体的なシーンを思いつかなかった。

沈黙が続いたので、なにか話さないといけない、と頭を回した。

「そういえば、ドイツ情報局のカプセル・シミュレータは凄かったね。あそこまで再現できるんだ。きっと最新型だよ」

「そうでしたね」ロジが、下を向いたまま頷いた。

「それでも、今がリアルの世界なのか、それともヴァーチャルの世界なのかを見誤ることって、ないと思う。あるだろうか?」僕は疑問を投げかけた。

「人によると思います」ロジは答える。

「私は、よほどぼんやりしていないかぎり、ありえないと思う。まだ、いろいろな感覚が充分に再現されていない。カプセルに寝ている状況だから、物理的に無理があるとは思う。神経に回路を直結して、大量の信号を送受信するようにならないと、完全なシミュレータは実現しない。それをするには、人体側にインターフェイスを組み込む必要がある。その治療をする人もいるけれど、それでも、それでパーフェクトにリアルが再現できるとは、まだいわれていない」

「それは、単に慣れていないだけのことかもしれません」ロジが言った。「生まれてから、しばらくはリアルの世界にいます。この時期に高精度なヴァーチャルを長時間体験すれば、そういった感覚が神経や脳細胞で発達するか、あるいは適合するかして、再現性は高まるのではないでしょうか」

「なるほどね、それは誰か試しているかな。人体実験ができないから、実証も実現も難しいね」

ロジは、シャワーを浴びるといって、バスルームに入った。僕は、冷たくなったコーヒーを少しずつ飲んだ。

ロジが、なにか言いたそうだったこと、言うのを躊躇《ためら》っていた様子もあったことが、気になった。

同時に、情報局の近くのホテルで、今と同じように彼女がバスルームに入ったときのことを思い出した。ルームサービスが来ていたのに、僕は少し眠ってしまった。そして、彼女に起こされたときには、来ていたはずの食事がなかった。あれが、まだ納得がいかなかった。

眠ってしまって、ルームサービスのワゴンを部屋に入れたのは、夢で見たことだったのかもしれない。それはありそうな話だ。しかし、そうだとしたら、あの日、僕もロジも夕食を食べ損《そこ》なったことになる。だが、ロジはそんなことは言わなかった。夕食はもう終わったようなふうだった。詳しい話は聞けなかった。僕は食べたのだろうか。どうして、記憶が飛んでいるのだろう？　歳のせいだろうか？

目が疲れていたので、目を瞑った。

もしかしたら、少し眠ってしまったかもしれない。

ロジがバスルームから出てきたので、交替で、僕は立ち上がった。

言葉を交わさなかった。

バスルームでは、なにか自動的にシャワーを浴びるロボットになった気分だった。見ているものが、リアルなのか、ヴァーチャルなのか、どちらでも良いように思えてきた。

リアルの再現性というものは、実はまったく保証がない、と気づく。

それに関連して、ヴァーチャルの再現性も気になった。

たとえば、アルコールなどで酔った状態の場合、リアルと誤認することは広く知られている。つまり、朦朧《もうろう》とした意識では、両者の判別がつきにくくなる。認識の解像度が落ちるためだ。論文で読んだことがあるのは、ヴァーチャルで酩酊《めいてい》を再現すると、実際に酩酊した状態と同様の肉体的反応が見られることだった。これは、たしかにありそうな話だ。

アルコールを飲まなくても、乗り物酔いはある。目が回る感覚は、ヴァーチャルでは容易に再現できる。

アルコールに類似の化学作用がもたらされれば、ヴァーチャルをリアルに見間違える可能性は高い。この場合、自分が酔っているとの自覚はない。おそらく、気づかないだろう。

ここで、急に恐ろしくなってきた。

背筋がぞっとして、一度躰が震えた。

どこかで……、リアルとヴァーチャルが逆転しなかったか？

もしも……、なにかの薬物を摂取したら、それに気づかないのでは？

アリスが、ホテルの部屋にやってきた夜だ。

ルームサービスが消えてしまった夜だ。

ロジが、バスルームから出てきた。僕は、頭が回っていなかった。

目を覚まそうと、バスルームに入ったのだ。

考えながら、シャワーを浴びた。

鏡を見る。自分の顔を確かめた。

ヴァーチャルではない。リアルだった。まちがいなくリアル。

あのとき、僕は薬を飲まされたのではないか。

アリスか、ロジか、その両方か。

何のために?

次の日から、例の作戦を実行することになった。あの日、僕たちはヴァーチャルにログインする振りをしただけで、実はしなかった。カプセルに入って、一分間だけ待った。

そのあと、二人で外へ出て、ロッカに上がった。

そう、あのとき……、なにか変な感覚があった。これは無理じゃないか、と思ったのに、案外上手くいった。大きくバランスも崩さず、躰も楽に持ち上がった。

こんなに簡単か、と思ったのを覚えている。

アリスが言った。「簡単だったでしょう?」

あれは、もしかして……、リアルではない?

では、ヴァーチャルだったのか?

その可能性はある。

否定できない。

証拠なんてない。

リアルの証拠なんて、常に自身の感覚だけのこと。

どこにも表示されていない。証明することは不可能だ。

なにしろ、僕はカプセルの中に入った。ゴーグルをかけたのだ。そして、一分待ってからカプセルを出た。そういう仮想感覚を持った？

アリスのあのミッションは、では、すべて虚構だったのか？

否、それはありえない。

ロジがいる。

では、彼女が一人でミッションを遂行したのだろうか？

そうか、僕に体験させたくなかったのだ。リスクがあるから、一般人を道連れにはできない。局員の仕事だ。それが、ロジの論理。いかにも、彼女らしい。

ということは、事前に、アリスサイドとロジは接触していたことになる。

おそらく、ヴァーチャルの世界で、アリスと打合わせをしたのだろう。それを、僕は見ることができなかった。僕が体感した世界では、ロジは常に僕の傍《かたわ》らにいて、僕と会話をしていた。でも、あれは用意されたフィギュアのロジだったのだ。それが、一日めのヴァーチャル。

二日めには、僕は情報局から抜け出して、基板を盗みにいくヴァーチャルを見せられた。その役を演じていた。なにもかも上手くいった。その間、ロジはリアルの世界で、ほぼ同じ作業を一人でしていた。考えてみれば、二人いなければならないような作業ではなかった。重いものを運ぶのも台車だった。むしろ、僕がいることは足手纏いだったはずだ。

僕がヴァーチャルで話したことは、アリスサイドを通して、リアルのロジにも伝えられたかもしれない。あるいは、少々の会話はできたかもしれない。情報局がモニタしていたものは、また別のヴァーチャルで、アリスサイドが作ったものだ。

三回ともヴァーチャルだった。だんだん、僕の記憶も曖昧になっていて、ダクトスペースを通るときの感覚も忘れてしまいそうなほど曖昧になっていた。夢を見ていたような感じで、ぼんやりと記憶が霞《かす》んでいる。

一人で実行した方が、成功の確率は高く、なにかトラブルがあったときも、自分一人で責任が取れる、というのがロジの判断だ。彼女なら、躊躇なくその選択をしただろう。

ただ、疑問は残る。

何故、僕に正直に話さなかったのか。

落ち着いてから、打ち明けるつもりだろうか。

これまでは、どこで盗聴されているかわからないから、話せなかったのかもしれない。それでも、クルマの中とか、プライベートな空間はいくらでもあった。隠し事をするなんて、彼女らしくない。

僕が騙《だま》された状態の方が都合が良かった、ということは確かだ。でも、説明くらいしてくれたら良いのに……。

# 6

気がつくと、ずっとシャワーのお湯を被っていた。

蛇口を閉め、バスタオルに手を伸ばす。頭からそれを被って、シャワー室を出た。

ドアが小さくノックされた。

「はい、何?」僕は応える。

「大丈夫ですか?」ロジの声だ。

「大丈夫だよ」僕は返事をする。

長かったから、心配したようだ。

僕は、その後もしばらく起きていた。ロジは、さきにベッドに入った。きっと疲れていたのだろう。彼女はずっと運転をしていたし、緊張の連続だった。ちょっとした立ち回りもあった。

バスルームで思いついた発想も、これに加算される方向のものだ。

今日、僕がカプセルの中で横になっているとき、ロジは危険な任務を遂行していた。体力も神経も消耗する時間だったのにちがいない。もちろん、それが彼女の仕事だ。プロフェッショナルなのだから、愚痴《ぐち》の一つも発しない。僕に対して隠しているというよりは、優しさゆえの沈黙なのだろう。僕はそう思うことで自分を納得させようとした。

なかなか眠れないのは、僕の躰が疲れていないからではなく、僅かに引っかかる、思考のギャップのようなもののせいだった。小さな刺《とげ》のようなものが、気になってしかたがない。痛くないか、とつい触ってしまう。痛いことを確かめないと、それが存在することもわからない。

それでも、大したことではない、と自分に言い聞かせることが、とりあえず考えた末の結論だった。この結論を抱いて、ベッドに入ることにした。

夢を見た。

夢の中にアリスやモリスが出てくるのではないか、と思ったが、そんなことはなかった。ロジは出てきた。彼女は、いつものとおりで、感情を抑えた礼節の人だった。

ドイツ情報局の中にあったカプセルは、スタッフたちが出力をチェックしていたはずだ。だが、そもそもそのカプセルを支配していたのは、アリスサイドだった。盗聴している当局に見せるヴァーチャルと、カプセルの中の者に見せるヴァーチャルの二層を用意していたのだ。あのカプセルの中の世界は、アリスサイドの自由だった。その点を、当局のスタッフたちは、おそらく今頃になって気づくことになるだろう。そういった意思があるとさえ、当初は予想していなかったのにちがいない。

ただし、そこまでの偽装ができたのは、あのカプセルになんらかの細工が施されていたからだ。すなわち、当局の内部に、それをした者がいる。情報局も一枚岩ではない。スキャンダルを隠蔽したい派と、それを暴きたい派と、さらには両者の対立の鍵を握ることで勢力を広げたい派があった。日本の情報局とも通じている人間がいたとしても不思議ではない。その物理的な工作があったからこそ、アリスサイドに今回の作戦が実行されたのだ。

そんな諜報《ちょうほう》活動の一部に自分が巻き込まれたこと、それを知らなかったことが、心の蟠《わだかま》りになっている、と感じた。溜息が漏れる。釈然としない。何故、気づけなかったのか、といえば、それはロジを信頼しきっていた自分の鈍感さが原因だ。そう、そのとおり。彼女は、日本の情報局の局員であり、人を殺傷する銃を持ち歩いている人なのだ。このくらいのことで驚いている方がおかしい。

僕は、目を覚ましているようだ。

もう一度溜息をついて、もう考えるのはやめよう、と思った。

もう朝だ。ベッドから出て、窓の外を見にいった。でも、風景など目に入らなかった。なんとなく腹立たしく感じるのは、結局は、僕がロジに期待するイメージがあるからだと結論できる。そのイメージが間違っている。彼女は、独立した個人であって、僕のヴァーチャルのフィギュアではない。彼女には、彼女の世界がある。干渉してはいけない領域だ。

それはわかっている。理屈はそうだ。

いったい、自分はどうしたいのか、ともう一度確認をした。

おそらく、なんらかの了解をお互いに得たい、という程度かもしれない。

ロジが、僕にあらかじめ作戦のことを話してくれていたら、きっと軽く許せたのではないか。それをしてくれなかったことに、自分は腹を立てているようだ。

彼女にしてみれば、それが安全の確保であり、つまりは優しさだったのかもしれない。

彼女の考える優しさ、彼女の世界の優しさだ。世界が違うのだから、見ているものは違う。受け取るものも当然違ってくる。

ちょっとした違いが、どんどん加算されて、大きくなっていくのか。

自分の世界において、自分は創造主なのだ。すべて自分の都合の良いものを思い描き、勝手に解釈する。世界というものが自分の外に存在するように見えても、実際は、そうではない。その証拠に、いつでもその世界を、自分の意志で消し去ることができる。人間は、かなりの確率で自殺する。世界を消して、リセットしたいと考える。コンピュータや人工知能や仮想空間が登場するよりもまえから、ずっと昔から、そのリセットは行われていたのだ。

世界を消すよりも、さきに自分が消えようと考える神、それが人間だ。

自分が神だと、どうして考えないのか、という問題を思いついた。

それは、神になることよりも、神に縋《すが》る方がずっと楽で、安心できるからにすぎない。安心とは、安らかに眠れること、生を放棄すること、すなわち死を望むことだ。それを、ちょっとした言葉のレトリックで逸らし、誤魔化そうとする。

ロジが起きた。

僕はその様子を、窓際の椅子に座って見ていた。

ロジが僕を見る。

起き上がり、ベッドから足を降ろして座った。髪を片手で掻《か》き上《あ》げる。

僕は黙っていた。彼女の顔を見ただけで、すべて許せると思い始めていた。

彼女は目を瞑り、深呼吸をした。

目を開けた。

僅かに眉を顰《ひそ》めた。彼女にしては、稀《まれ》な表情だった。

あまりにも悲しそうな顔だ。

「あの、昨日話そうと思っていたのですが、疲れてしまって、話せなかった」ロジは切り出した。「内緒にしていたことがあります」

「何?」僕は、彼女を見つめて促した。

大丈夫。もう受け止められる、と思った。

「ドイツ情報局の、あのカプセルの中で、私はアリスサイドやオーロラを通して、日本の情報局と話ができたのです。最初は、驚きましたが、話をするうちに、本当のことだとわかりました」

「どういうこと？　僕にはなにもなかったけれど」

「はい」ロジは頷いた。「アリスサイドが完全にコントロールしていました。オーロラを連れてきたのも、アリスサイドです。ドイツ情報局にモニタされないような回路が、物理的に挿入されていたため、それが実現できたようです。これは、完全なスパイ行為といえますが……」

「ドイツ情報局の中に裏切り者がいたということだね？」

「そのとおりです。でも、それは、私たちの業務では、ごく普通の行為です。危険ですが、任務として行う場合もあります」

「ドイツ情報局のスタッフがモニタしていたのは、僕が見ていたヴァーチャルだったんだね？　君が見ていたものとは違う……」

「そうです」

「あのヴァーチャルでは、君はアリスサイドが創り出したフィギュアだったということだね？」

「そのとおりです。私の意思で動いていたのではありません。でも、情報局のスタッフたちは、それを私だと思って見ていたはずです」

「僕もそうだった。君がレーシングカーを運転していると思った」

「自宅でヴァーチャルに入ったときは、もちろん私が運転をしました」

「わかるよ。情報局へ来てからだね。最初から？」

「最初からです……」ロジの声が高くなった。「ごめんなさい。黙っていました」彼女は頭を下げる。「でも、任務が終わるまで言えなかった。言わない方が、万が一のことがあったときに、先生が、いえ……、グアトが安全だと考えました」

「そうか……、なるほど。あれは、君じゃなかったのか。完全に騙されていた」僕は微笑んだ。完全にではないけれど、と思いながら。「ヴァーチャルのロジだったんだ」

「そこで、今回のミッションの詳細の説明がありました。私の方から意見は言えませんが、目を瞑ったり、開けたりすることで、返事ができましたから、コミュニケーションは取れている状態です。最後まで、私が反対したのは、グアトを作戦に参加させることでした。翌日のミッションで、カプセルから抜け出して、基板を奪いにいくのは、私一人で可能だと考えました。危険が想定され、グアトを巻添えにしたくありませんでした。でも、それでは成功確率が下がる、と強く言われて、結局しかたなく承諾しました」

「えっと、それじゃあ、僕が一緒に行ったのは、本当のこと？」

「え？」ロジが首を傾げた。

「ロッカの上に乗って、ダクトスペースを這っていったのは、リアルだった？」

「え、ええ……」ロジは頷いた。「あの、大丈夫ですか?」

「そうなのかぁ」僕は目を瞑り、三秒ほど息を止めた。「う～ん、やっぱり、リアルだよなぁ……、うん、そうだよね、間違えるはずがない」

ロジが本当のことを話しているとしたら、僕の仮説は間違いだったことになる。ただ単に、ヴァーチャルの中に本物のロジがいなかっただけだ。これは、僕には判別のしようがない。アリスサイドは、ロジの特徴をよく摑んでいた。口数の少ない彼女のダミィを動かして、僕を騙すことなど簡単だっただろう。

ただ、そうなると、あの消えたルームサービスの矛盾に行き着く。

話そうか、どうしようか、と迷った。

それよりも、もうすべてが許せる、と感じた。

ロジは、やはり正しい。

彼女の第一の魅力は、圧倒的な正しさだ。

僕の方が、間違っていた。変な想像をしてしまった。

心が濁《にご》っているから、そういう間違った方向へ考えてしまうのかもしれない。

それに比べて、彼女のピュアさ、クリーンさはどうだろう?

「どうかしましたか? 怒っているのですか?」ロジがきいた。

「いや、全然怒っていない」僕は目を開けた。「僕は、ついていかない方がましだったと思う。でもね、これだけは言いたい。なにか役に立つことがあるかもしれない、という思いで、ついていったんだ」

「はい、ありがとうございます。よくわかっています。オーロラが演算したのも、そこだったはずです。なにかトラブルがあったとき、グアトの発想が危機を回避する確率が高いと……」

彼女に危険が迫ったときには、何があっても身を挺《てい》して守ろうと思っている、と言いたかったのだが、恥ずかしかったので、その表現にならなかった。オーロラの言い分は、わからないでもないが、僕の理想とのギャップは大きいようだ。

「それから、ちょっと、記憶の整理をしていただけ。やっぱり、そうだったんだ、とは思わない。ヴァーチャルの君が、本当の君じゃなかったことに、全然気づかなかった。わからないものだね」

「ヴァーチャルというのは、その程度の再現性だともいえると思います」

「そのとおり」僕は頷いた。

ようやく、窓の外の風景を本当に見ることができた。

これがリアルだ。

絵に描いたような、という言葉のとおり、美しい山々が朝日で輝いていた。あまりにも整いすぎているから、まるでヴァーチャルみたいに感じられるほどだった。

支度《したく》をして、レストランのカフェで朝食をとり、僕たちはホテルを出た。

「また、ドライブだ」外に出て僕は言った。かなり気温が低い。「リアルの景色が楽しめそうだね」

「安全運転でいきます。帰宅は夕方頃でしょう」ロジが言った。

ロジは、新しい情報が入ってきていない、と話した。つまり、今回の件で日本とドイツの関係が拗《こじ》れるような事態にはなっていない、ということだ。ドイツ警察の捜査も昨日で打ち切られたらしい。何が起こったのかさえ、報道されていない。

「スキャンダルは、まだ暴かれていないわけだね？」僕はきいた。

「どうなるのか、私にはわかりません。どちらの派も、今は表立って動けない状況だと思います。私たちも既に無関係です。追ってもしかたがないということを理解しているだけでしょう」

「ドイツ情報局内のスパイから、連絡があったんだね？」

「私にあったわけではありません。日本の当局が把握した状況を、私に部分的に知らせてきただけです。ここから、自宅までのドライブは、いちおう心配ないと」

「モリスさんは、日本に着いた？」

「聞いていません。なにかあっても、私には連絡してこないと思います。どうすることもできませんから」

「ここまで、世話をしたのだから、それくらい教えてくれても良いと思うけれど」

「思いますけれど、明らかに無駄な情報です」

「そういうものかなぁ」

「そういうものです」

## 7

山から下っていく途中で、ガスステーションに立ち寄り、クルマの燃料を補充した。ロジがモニタを気にしていたが、ステーションの位置を調べていたようだ。

「まだ、燃料はあるのですが」ロジは言った。

ステーションには、ちょっとしたショップがあった。ロジはそこへ入っていった。僕は特に欲しいものがない。ホテルでコーヒーを飲んできたばかりだからだ。クルマで待っていたら、すぐにロジが戻ってきた。

「なにか、買ったの？」僕はきいた。

「どうしようかなぁ」ロジが小声で呟いた。

「珍しいことをいうね。これがヴァーチャルだったら、偽者だと思うかもしれないよ」

「人間は、常に新しくなるんです」ロジがこちらを向く。「家に帰ってからにしようと思っていましたが、もう渡してしまいましょう」

彼女は、上着のポケットから長細い箱を取り出した。

フィルムに包まれ、リボンがかけられていた。

「何？」

「開けて下さい」

「そこで買ってきたの？」

「違いますよ」ロジは強く否定した。

「あ、そう。へえ、じゃあ、プレゼント？」僕はフィルムを取った。箱が入っていた。ペン入れかメガネ入れくらいのサイズだ。蓋を開けると、中に銀色のナイフが一本収まっていた。

「ナイフだ。ペーパナイフじゃないね」

「はい。本物のナイフです」

「何に使うの？」

「ナイフが欲しいって、おっしゃったじゃないですか」

「言った？　ああ、木工に使うから……」

「そうです」

「へえ、じゃあ、使わせてもらうよ。ありがとう」

ナイフを箱に収めて、蓋を閉めた。

「もうちょっと、よく見て下さい」ロジが言った。

「え？」僕は、再び箱の蓋を開ける。

ナイフを見た。普通は刃を見るものだ。しかし、刃は普通だ。次に柄《つか》を見た。そこに小さく、文字が刻まれていることに気づいた。僕の名前とロジの名前。どちらもファーストネームである。

「え、じゃあ、その店で買ったんじゃないね」

「そう言いました」

「うーんと、どうして、今、これがここに？」

「お誕生日だったからです」

「誰の……、え、私の？　えっと、今日は何日？」

「すみません。一昨日です」ロジは言った。「時機を逸《いっ》したのは、痛恨の極みです」

「痛恨の極み？　あそう……」僕は頷いた。オーバだなあ、と思う。「一昨日かぁ。知らなかった。全然そんなもの意識していないから。もうこの歳になると、誕生日なんてなにも嬉しくないからね」

「もう少し……」

「何？」

「いえ、いいです」

「あぁ……、もう少し喜ぶべきだった。そうだね」僕は言った。「いや、嬉しいんだよ。なんか、じわじわと嬉しさが込み上げてきたっていうか……」

ロジはエンジンをかけた。

「もしかして、怒っている？」

「怒っていません」

タイヤを鳴らして、クルマがスタートした。

右には森林、左はグリーンの湖と山が迫っている。道は、ほとんどストレートだった。

「一昨日、渡したかったのですが、いろいろ忙しかったので」運転しながらロジが言った。

「いや、全然かまわない。日にちに意味があるわけではない。地球の公転は、きっちり一年ではない、三百六十五日と、ほぼ四分の一だけれど、もう少し短い」

「実は一昨日、ちょっとした手違いがありました」ロジが言った。

「手違い？」

「ホテルに届けさせたのです」

「何を？」

「そのナイフです」

「え？　ああ、さっきのガスステーションへも、昨日のうちに連絡をして届けてもらったんだね？」

「ええ、そうです」

「えっと、情報局の近くのホテルだね。あそこへ届けさせるためには、まえの日に連絡しないといけない。その時点で、君はあのホテルに宿泊することを知っていたんだ」

「はい」ロジは頷いた。「公私混同に当たります。反省しています。そういう悪いことをしたから、罰《ばち》が当たったんだと思います」

「罰が当たった？」

「ルームサービスで、サプライズを仕掛けたつもりでした。クロッシュの中に入れて持ってきてもらったのです」

「クロッシュって、何？」

「銀のドーム型の蓋です。ワゴンが運んできた」

「あ、あれかぁ。知らなかった、そういう名前なんだ」

「そこで驚かないで下さい。でも、グアトは疲れていたのですね。私がバスルームから戻ったら、ソファでお休みになっていました」

「うん、君が起こしたんだ。そうしたら、ワゴンがなかった」

「はい」ロジは、こちらをちらりと見た。「あのとき、自分で開けて、中を確かめたのです。そうしたら、ナイフの文字のスペルが間違っていました。私の名前の最後が、yではなく、meになっていたんです。いくらなんでも、酷いですよね？　スイスのメーカなんですけれど、担当者は日本人だったのです。だから、そんな間違いをしたんだと思います」

「おやおや」僕は、笑いそうになったのを堪《こら》えた。「それで、連絡して、すぐに返品しました。やり直すようにと指示をしました」

「僕は、ずっと寝ていた」

「はい、ワゴンを通路に出して、連絡はバスルームからしました。グアトが寝ている間に、なにもかもなかったことにしようと思いました」

「食事は？」

「一緒に来ていましたけれど、お休みになっていたし、全部キャンセルしました。私も、相当頭に来ていたので……」

「なるほど……。それは……、まあ、そういうことも、ときどきあるよね」

「代わりの品が、今日届いたのです」ロジは言った。「二日遅れで、申し訳ありませんでした」

「全然かまわないよ。それに、今の話は、ここ最近で一番面白かった。ただ、ちょっと残念だったなぁ」

「君が、ぷんぷんになっているのを見逃したこと」

「食事がですか？」

8

無事に自宅に戻った。大きなエンジン音を聞きつけて、向かいの家からビーヤとイェオリが飛び出してきた。

「こんなクルマ、見たことがないわ」ビーヤが目を丸くした。「どうして、あんな大きな音を出していたの？」

「エンジンの音です」ロジが説明した。「ちょっと昔のタイプなので」

「私は知っている。レースをするクルマだ。砂漠とかを横断するやつだ」イェオリが言った。

それは違うと思ったが、ロジは指摘しなかった。

向かいの夫婦とは別れ、家の中に入り、ロジはすぐに地下室へ行った。日本と連絡を取るためだろう。僕は、キッチンで料理の準備をした。

料理が出来上がった頃、ロジが階段を上がってきた。

「モリスは、無事に保護されました」彼女は報告した。「ドイツ内の状況も、少しずつ伝わってきています。大きな混乱はありません。私たちが関わったことは、警察にも伝わっていません。ただ、サーバの基板の一部が盗まれた、という通報があっただけのようです。新しい基板が差し入れられていたのですから、損失はない、との処理になったようです。でも、最初はそうではありませんでした。非常線を張って、各地で検問をしていたのは確かで、その時点では、機密情報が漏れたらしい、との認識だったのです。途中で、それが覆《くつがえ》ったということです」

「どうして?」

「担当者の交替がありました。政界で三名、警察で二名、情報局で五名です。いずれも、依願退職だったそうです。たぶん、スキャンダルが公表されることを恐れて、自ら退いたということでしょう」

「それで許してくれ、というつもりなんだね」

「そのようですね。現職だったときよりも、リーク情報の価値は下がります。多少、勢力分布に変化があったというだけですが」

「日本の情報局は?」

「いえ、なにも。これといって発表していません。モリスがどこへ行ったかも不明です。私の想像では、当面はそのまま情報局で仕事をすることになるでしょうね」

「彼の世界は、復旧しないのかな?」

「わかりません」

「復旧しないと、君はせっかく作ったクルマを失うことになる」

「まったく惜しくありません」

「リアルのクルマがもらえたから？」

「いいえ、あれは返します。誰に返したら良いか、問い合わせています。もらうわけにはいきませんよ」

「もらっておけば良いと思うけれど」

「いいえ。もらうべきではありません」

彼女らしいな、と思った。料理をテーブルに並べる。パスタとサラダである。

「プロになれますね」ロジは一口食べて言った。

僕は微笑んで返した。もしかしたら、その才能が自分にあったかもしれない。でも、今どき料理をするような職は、滅多にない。少なくとも、人間には求められていないだろう。

「あの世界を、モリスは一人で作ったのでしょうか？」ロジが食べながら話した。「コンピュータのコーディングって、簡単にはできないものだと思いますが」

「今は、コンピュータが支援してくれるし、あらゆるサブシステムが選《よ》り取《ど》りみどりで揃っているから、一人でもできないことはない。それよりも、プログラミングをしたあと、成長を見守る過程の方がずっと長い。そこが、何年もかかると思う」

「そうなると、自分の子供を育てたみたいに、愛着が湧くのでしょうね」

「自分の子供を育てたことがないから、想像できないけれどね」

「私だって想像できません。でも、みんながそう言いますよね」

「うん。慣用句になっているんだ。だけど、そうだね、研究でも同じだ。自分が進めてきたテーマには、だんだん愛着が湧く。そのジャンルの発展を望むようになるし、昔に比べて立派なテーマになったな、と微笑ましく思うこともある」

しばらく、黙って食べた。食後、皿を片づけながら、熱いお茶を淹れた。カップを自分とロジの前に置く。

「ありがとうございます」ロジが微笑む。「ところで、オーロラとの共同研究は、どうなったのですか？　最近、されていませんよね？」

「オーロラの方が、あまりやりたくないみたいだね。私も、少し冷めてきた。なんだか、人間の頭の中について考えると、妙な感覚になってしまう。きっと、オーロラも感じていると思う。自分たちは、人間ではなく、人工知能でもなく、もっと上にいる創造主みたいな気になる。神になってしまいそうな気分なんだ。そこで、はたと気づく、では、この世は何なのか、この地球、この宇宙は何なのか、どうしてこんなものがあって、膨張《ぼうちょう》しているのかって、そちらの方が、人間の頭のことよりも、もっと基本中の基本じゃないのかってね。そうすると、じゃあ、神って何なのか。神は、どこから来たのか、誰が神を作ったのか、というまた一段と上の話になる。神は考えているのだろうか？　もし考えているなら、神の頭の中に、この世界があるのか。もし考えていないなら、誰が神のことを考えたのか。考えないものが、この世に存在しているとしたら、その無意識のルールは、誰が設定したのか。もしも、すべてが偶然だとしたら、どうして一定の法則が生まれるのか」僕は、そこで深呼吸した。「ね？　どこまでもどこまでも考えてしまうんだ、人間の頭は。そして、ついには、例外なく同じところへ行き着いてしまう。眠くなってしまうんだ。だから、宇宙の最後ってやつは、もうわかっている。眠くなって、寝るだけ」

僕は、そこで黙った。キッチンに立ち、ポットを片手に持ったまま、演説していたようだ。

「お終いですか？」ロジがきいた。

「お終い」

「眠くなりましたか？」

「いや、そうでもない」

「じゃあ、もっと続けて下さい」

「いや、もうお終いにしよう。いつまでも続くと思ったら、大間違い」

# エピローグ

結局、ロジのクルマは持ち主がわからなかった。登録はされているが、そのメーカは既に存在しない。モリスがそこに作らせたものと推定されるが、モリスは既にドイツにいない。警察も引き取れない、と返答してきた。

しかたがないので、名義を変更し、ロジは自分の持ち物にした。持ち主が現れるまでは、捨てるわけにいかない。大事に今の状態を維持しよう、というのが彼女の方針らしい。素晴らしい判断だ、と僕は彼女に言った。

そういうことが、もともとしたかったようだ。自宅の横に、クルマが駐車できるスペースを作った。僕も手伝った。ただ地面を平らにして、砂利を撒《ま》いただけである。砂利は購入して運んでもらった。一日で駐車場ができた。もちろん、大家の許可も得たうえでの話である。

ロジは、そこでボンネットを開けて、エンジンルームの整備をするようになった。消耗した部品を、ネットで取り寄せた新しいものに交換するのだという。工具も、いろいろ買い揃えたみたいだ。彼女が家の中に戻ってくると、両手を広げ、どこにも触らないよう、ドアを腰で閉めたりしている。両手が真っ黒だからだ。

そういう光景を、僕は木を削りながら眺めた。ロジからもらったナイフは、少し使っただけで、まだ本格的に使用していない。切れ味はたしかに良い。でも、鈍ってしまうのが惜しい。研ぎ直す道具もないから、作業机の引出しの奥に、大事に仕舞っておくことにした。

何度か、ロジのクルマに乗せてもらった。街へ買いものにいくときなどである。あまりにも目立つから、最初は少々緊張したのだが、思いのほか関心を示す人が少ない。そもそもクルマなどに興味はないし、どんな形だろうが、どんな音を立てようが、その理由を知りたいとも思わないみたいだ。おそらく、子供だったら近くへ寄ってくるのではないか、と思う。今は老人ばかりなのだ。見た目はそうでなくても、みんな老人だ。もちろん、僕も同じ。僕も、こんなことがなかったら、ロジのクルマに見向きもしなかっただろう。

それは、あらゆるテクノロジィに対していえることでもある。現代の人々は、科学技術に関心がない。それらすべてが、大昔から存在したものであると考えているのかもしれない。興味を持ったところで、理解できるわけではないし、修理ができるわけでもない。家の中のほとんどのメカニズムが、人間の命令で動くけれど、それを自分の声の能力だと信じているのかもしれない。そう錯覚するほど、メカニズムは自然に溶け込んでしまったのだ。
人間が好奇心を失っても、技術は保たれる。機械は、機械によって維持される。機械によって新しい機械が作られる。生殖能力を失った人間とは対照的に、機械は自己増殖しているし、同時に進化もしている。その最先端は、機械とは呼べないような領域、すなわち生物との融合である。そして、その〈生物〉という言葉は、もちろん〈人間〉という直接の意味を和らげて使われる表現だ。

ロジのクルマは、その意味では、生物からまだ遠かった頃の機械であり、道具に近い存在といえる。ロジは、ステアリングを自分の腕で操作しているのだ。たまに、クルマに近づいてきて覗き込む人が、一番驚くのはそこだった。運転という言葉が、もう意味が通じない。運転とは、言葉で行き先を指示することでしかなくなった。

「神は、人間を自動のメカニズムとして作った」ロジのクルマの助手席で、僕は彼女に話しかける。「神は、人間になにも言わなかった。ただ、生きよ、と指示しただけだ。生きていく先がどこなのか、その目的地も神は示されなかった。人間は、神の道具ではない。神は、何のために人間を作ったのだろう?」

「人間は、神が作ったものではないと思います」ロジは言った。

「たぶん、そうだね。そちらの仮説の方が、いくぶん確からしい」僕は頷いた。「だけど、証明はできない。誰も、神がいないことを科学的に証明していないんだ。だから、いつもこうして考えてしまう。なにかあると、人間は神の噂《うわさ》をするね。お願いする人もいるし、呪う人もいるかもしれない。ロジは、神はいないと言ったけれど、これからは、どうなるだろう？　人間の生活は、どんどんヴァーチャルになっている。世界のすべてが、電子空間に吸収される勢いだから、リアルが消えるのも、それほど未来のことでもない。その場合でも、人間は、神を作らずにいられるかな。きっと、作り出してしまうんじゃないかな？」

「必要でしょうか？」ロジが言う。「私には、いらないものです。神はもう過去のものだと思います。それに、人が神を作るなんて、なんだか、恐いですね。そうではなくて、人工知能が、あっさりと神になるのでは？」

「それも一つの方向性だね。今既に、神みたいな存在になっている。あれも、人間が作ったものだ」

「でも、人工知能は、自身で学んで成長したのですから」

「それは、神が作った人間でも、同じだよ」

「神様が本当にいたら、今回の騒動みたいに、世界が滅亡してしまうかもしれません。神様の気まぐれとか、ちょっとした暴走とか、もうこんな世の中ご免だって、なりませんか？　そこが恐いと思います。集中型のシステムの欠点なのでは？」

「それじゃあ、神様を沢山作って、合議制にすれば良い。ギリシャ神話の神様なんか、沢山いるし、日本の神様もそうだね。神は一人というのは、たしかに、脆弱《ぜいじゃく》なシステムかな。どうしても全能の神にせざるをえない。もし全能なら、神以外のものに、存在理由がなくなってしまうと思うんだ。何のために生きているのか、何のために存在するのか、すべては神のためになってしまうだろう」

「私も、子供のときは、神様がいると信じていました」

「へえ、そう……、そう教えられたの？」

「はい、両親が、そうでしたから」

「それが、どうして、いらないものになったわけ？　どこで神様を見限った？」

「そうですね。やっぱり、科学に出会ってから、人が死ぬのを見てから、人の命が救われるのを見てから、それに……、神よりももっと強い、人の意思みたいなものを知ってからです」

「哲学的だ」

「哲学的ですか？」

「いや、違うな。現実主義的だ」

「現実主義といえば、私よりも、そちらなのでは？」

「私が？」

「はい」

いや、それは違うな、と僕は思った。
なにしろ今、神が運転するクルマに乗っているのだから。

# 森博嗣著作リスト

（二〇一九年十月現在、講談社刊）

◎S&Mシリーズ

すべてがFになる／冷たい密室と博士たち／笑わない数学者／詩的私的ジャック／封印再度／幻惑の死と使途／夏のレプリカ／今はもうない／数奇にして模型／有限と微小のパン

◎Vシリーズ

黒猫の三角／人形式モナリザ／月は幽咽のデバイス／夢・出逢い・魔性／魔剣天翔／恋恋蓮歩の演習／六人の超音波科学者／捩れ屋敷の利鈍／朽ちる散る落ちる／赤緑黒白

◎四季シリーズ

四季　春／四季　夏／四季　秋／四季　冬

◎Gシリーズ

φ《ファイ》は壊れたね／θ《シータ》は遊んでくれたよ／τ《タウ》になるまで待って／ε《イプシロン》に誓って／λ《ラムダ》に歯がない

／η《イータ》なのに夢のよう／目薬α《アルファ》で殺菌します／ジグβ《ベータ》は神ですか／キウイγ《ガンマ》は時計仕掛け
／χ《カイ》の悲劇／ψ《プサイ》の悲劇

◎Xシリーズ
イナイ×イナイ／キラレ×キラレ／タカイ×タカイ／ムカシ×ムカシ／サイタ×サイタ
／ダマシ×ダマシ

◎百年シリーズ
女王の百年密室／迷宮百年の睡魔／赤目姫の潮解

◎Wシリーズ
彼女は一人で歩くのか？／魔法の色を知っているか？／風は青海を渡るのか？／デボラ、眠っているのか？／私たちは生きているのか？／青白く輝く月を見たか？／ペガサスの解は虚栄か？／血か、死か、無か？／天空の矢はどこへ？／人間のように泣いたのか？

◎WWシリーズ

それでもデミアンは一人なのか？／神はいつ問われるのか？（本書）／キャサリンはどのように子供を産んだのか？（二〇二〇年二月刊行予定）

◎短編集

まどろみ消去／地球儀のスライス／今夜はパラシュート博物館へ／虚空の逆マトリクス／レタス・フライ／僕は秋子に借りがある　森博嗣自選短編集／どちらかが魔女　森博嗣シリーズ短編集

◎シリーズ外の小説

そして二人だけになった／探偵伯爵と僕／奥様はネットワーカ／カクレカラクリ／ゾラ・一撃・さようなら／銀河不動産の超越／喜嶋先生の静かな世界／トーマの心臓／実験的経験

◎クリームシリーズ（エッセイ）

つぶやきのクリーム／つぼやきのテリーヌ／つぼねのカトリーヌ／ツンドラモンスーン／つぼみ茸ムース／つぶさにミルフィーユ／月夜のサラサーテ／つんつんブラザーズ

（二〇一九年十二月刊行予定）

◎その他

森博嗣のミステリィ工作室／１００人の森博嗣／アイソパラメトリック／悪戯王子と猫の物語（ささきすばる氏との共著）／悠悠おもちゃライフ／人間は考えるＦになる（土屋賢二氏との共著）／君の夢　僕の思考／議論の余地しかない／的を射る言葉／森博嗣の半熟セミナ　博士、質問があります！／庭園鉄道趣味　鉄道に乗れる庭／庭煙鉄道趣味　庭蒸気が走る毎日／ＤＯＧ＆ＤＯＬＬ／ＴＲＵＣＫ＆ＴＲＯＬＬ／森籠もりの日々／森には森の風が吹く／森遊びの日々／森語りの日々／森心地の日々（二〇二〇年一月刊行予定）

☆詳しくは、ホームページ「森博嗣の浮遊工作室」
(http://www001.upp.so-net.ne.jp/mori/) を参照

冒頭および作中各章の引用文は『スローターハウス5《ファイブ》』（カート・ヴォネガット・ジュニア著、伊藤典夫訳、ハヤカワ文庫）によりました。

〈著者紹介〉

森　博嗣（もり・ひろし）

工学博士。1996年、『すべてがＦになる』（講談社文庫）で第１回メフィスト賞を受賞しデビュー。怜悧で知的な作風で人気を博する。「Ｓ＆Ｍシリーズ」「Ｖシリーズ」（共に講談社文庫）などのミステリィのほか『スカイ・クロラ』（中公文庫）などのＳＦ作品、エッセィ、新書も多数刊行。

# 神《かみ》はいつ問《と》われるのか？

When Will God be Questioned?

2019年10月21日　第１刷発行　　定価はカバーに表示してあります

著者……………………………森《もり》 博嗣《ひろし》

発行者………………………渡瀬昌彦

発行所………………………株式会社 講談社

〒112-8001 東京都文京区音羽2-12-21

編集03-5395-3506

販売03-5395-5817

業務03-5395-3615

本文データ制作…………講談社デジタル製作

印刷…………………………凸版印刷株式会社

製本…………………………株式会社国宝社

カバー印刷………………株式会社新藤慶昌堂

装丁フォーマット………ムシカゴグラフィクス

本文フォーマット………next door design



ISBN978-4-06-517445-6　N.D.C.913　292p　15cm

# 工学×ミステリィ

えた傑作小説》

単独歩行者《ウォーカロン》と呼ばれる人工生命体。
演算を重ね続ける人工知能たち。
彼らと人間に違いはあるのか？

風は青海を渡るのか？
The Wind Across Qinghai Lake?

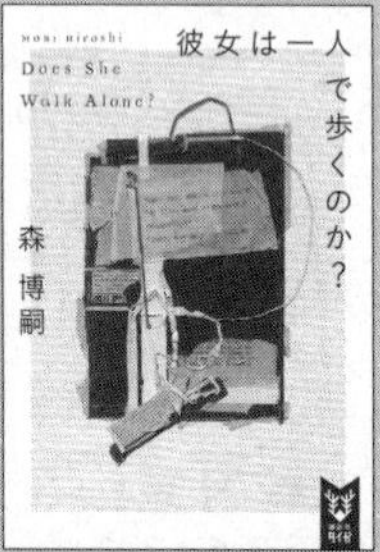


彼女は一人で歩くのか？
Does She Walk Alone?

デボラ、眠っているのか？
Deborah, Are You Sleeping?

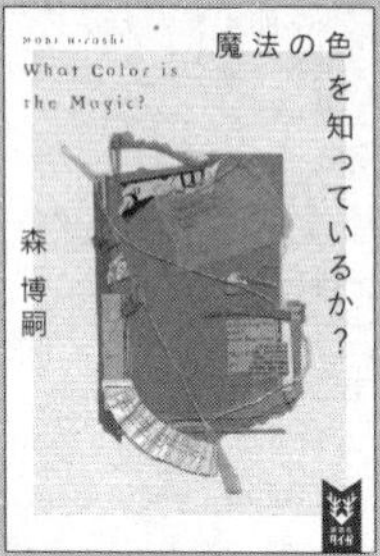


魔法の色を知っているか？
What Color is the Magic?

## 森博嗣 MORI Hiroshi